流麗の刺客

居眠り同心 影御用20

早見 俊

時代小説

二見時代小説文庫

流麗の刺客——居眠り同心 影御用20

目次

第一章　立て籠もり　7
第二章　謎の行商人　67
第三章　夏草の宴　124

第四章　地獄への旅　186
第五章　月下の決着　233

流麗《りゅうれい》の刺客　居眠り同心 影御用20・主な登場人物

蔵間源之助《くらまげんのすけ》……北町奉行所の元筆頭同心で今は閑職の〝居眠り番〟。難事件に挑む。

久恵《ひさえ》……源之助の妻。父は南町奉行所の臨時廻り同心だった。

蔵間源太郎《くらまげんたろう》……源之助の息子。北町奉行所の見習を経て定町廻り同心となる。

京次《きょうじ》……通称「歌舞伎《かぶき》の京次」と呼ばれる男前。源之助に見いだされ岡っ引となる。

お峰《みね》……京次の女房。常磐津《ときわず》の稽古所を営む。根っからの焼餅焼き。

杵屋善右衛門《きねやぜんえもん》……日本橋長谷川町の老舗《しにせ》の履物問屋の五代目。源之助とは旧知の間柄の碁仇《ごがたき》。

善太郎《ぜんたろう》……杵屋善右衛門の跡取り息子。悪の道から源之助に救われた過去を持つ。

牧村新之助《まきむらしんのすけ》……同心見習いの頃、源之助に仕込まれ、後に源太郎の指導役。北町の同心。

緒方小五郎《おがたこごろう》……源之助の後任の筆頭同心。例繰方《れいくりかた》に永く務めていた冷静な人物。

矢作兵庫助《やはぎひょうごのすけ》……凄腕とも豪腕とも呼ばれ、南町奉行所きっての暴れん坊同心の評判を取る。

美津《みつ》……南町の定町廻り同心矢作兵庫助の妹。源太郎の妻となる。

沢村一之進《さわむらいちのしん》……元武蔵国大宮藩の郡方《こおりかた》の役人。藩札《はんさつ》を偽造する一味に殺されてしまう。

佳乃《よしの》……郡奉行井上助右衛門《いのうえすけえもん》の娘。沢村に嫁すも医師雨宮《あまみや》に心惹かれてしまう。

彦六《ひころく》……一膳飯屋〝亀屋〟騒動で人質にされ重傷を負った行商人だが、裏の素顔は……。

文蔵《ぶんぞう》……武蔵国大宮藩の藩札を偽造し私腹を肥やす。邪魔者を刺客を使い殺す悪党。

青沼藤三郎《あおぬまとうざぶろう》……佳乃の父の上役、西久保家勘定奉行。源之助と共に藩に巣食う悪と闘う。

第一章　立て籠もり

一

「た、大変ですよ」

　善太郎《ぜんたろう》が血相《けっそう》を変えて走り込んで来た。

　蔵間源之助《くらまげんのすけ》は善太郎の父善右衛門《ぜんえもん》と囲碁の真っ最中。

　ここは日本橋長谷川町《にほんばしはせがわちょう》にある履物《はきもの》問屋杵屋《きねや》である。縁側で源之助と善右衛門は碁を打っているのだ。

「騒々しいな」

　善右衛門は碁盤を見下ろしたまま顔をしかめた。碁盤すれすれに顔を近づけ、黒石を握る右手は汗ばんでいる。手ばかりではない。額もじわっと汗が滲《にじ》んでいた。夏真っ盛りとあって、源之助も汗ばんではいるのだが、善太郎に比べれば涼しげだ。

善太郎は炎天下を全力で走って来たらしく、全身汗みずく、肩で息をする様は見ているだけで暑苦しい。

「大変なんですって」

善太郎は汗を拭《ぬぐ》うこともなく必死で訴えかける。

「だから、今、碁の真っ最中だよ」

善右衛門は苛《いら》立《だ》ちの度合いを深めるばかりだ。日頃温厚な善右衛門だが、碁になると人が変わる。源之助も熱くなるのだが、優勢な局面にあることの余裕と八丁堀《はっちょうぼり》同心としての意識が善太郎の言動を見過《みすご》しにできなくなり、

「どうしたのだ」

と、善太郎を見上げた。

善太郎は相手にしてくれない善右衛門に舌打ちをしてから、

「蔵間さま、亀屋《かめや》って一膳飯屋で浪人者が暴れているんですよ」

さすがに善右衛門もはっとして、

「為吉《ためきち》さんの店かい」

やっと聞く耳を持った父親に、

「そうなんだよ。定吉《さだきち》も中にいるかもしれない」

定吉とは亀屋を営む為吉とお君《きみ》夫婦の一粒種だそうだ。善太郎はよほど定吉のことが心配らしく、まだ八つですと言ったのはわかるが、

「とっても賢くていい子なんですよ」

言い添えるほどに定吉のことをよく知り、可愛がっているようだ。

ともかく、放ってはおけない。

源之助は腰を上げた。

「案内しろ」

なんの躊躇《ためら》いもなく告げる。善右衛門もさすがに碁どころではないと正座した。

源之助は脇に置いた大刀を落とし差しにし、絽《ろ》の夏羽織を重ねようとしたが、暑いのと身軽に動かねばという思いからそのままにしておいた。千鳥格子柄の単衣《ひとえ》の着流しのままで縁側を横切り、沓《くつ》脱ぎ石に揃えてある雪駄《せった》を履く。

薄い鉛の板を底に敷いてある特別あつらえの雪駄だ。いざという時に武器となるよう源之助なりの工夫で、杵屋で用意してもらっている。

蔵間源之助は北町奉行所同心、背は高くはないががっしりした身体《からだ》、日に焼けた浅黒い顔、男前とは程遠いいかつい面差《おもざ》し、一見して近寄りがたい風貌であるが、これ

ほど頼りになる男はいない。北町奉行所きっての腕利き同心であった。

あったというのは、定町廻り《じょうまちまわ》と筆頭《ひっとう》同心を外され、今は両御組姓名掛《りょうおんくみせいめいがかり》という閑職にあるからだ。閑職に身を置こうと、頼ってくる者が絶えないことが却《かえ》って源之助の敏腕ぶりを物語ってもいる。

浪人者、飯屋で暴れているとはこの暑さで気が変になったのか。

文化《ぶんか》十四年（一八一七）、水無月《みなづき》の三日、まさしく夏真っ盛り、そよとも風の吹かぬ昼下がりであった。


善太郎の案内で問題の一膳飯屋にやって来た。杵屋からほど近い、日本橋長谷川町の横丁のどん突きである。

道々、聞いたところでは亀屋は一年前の水無月に営業を始めた。取り立てて美味《うま》い料理があるわけではないが、飯と味噌汁がいくらでもお替わりできるということで若い男の評判を呼んでいる。また、善太郎が心配していた定吉は利発で、お昼時には客の注文を聞き、間違えることなく料理を運ぶ。暇な時は本を読んでいるそうだ。

二階建ての飯屋は間口《まぐち》五間《けん》ほど、紺地暖簾《のれん》に亀屋という屋号と亀の絵柄が白地で染め抜いてあった。店の前には野次馬《やじうま》が群れている。

浪人風の男が店に入り、居座っているそうだ。善太郎が遅めの昼餉《ひるげ》を食べようと立ち寄ったところ浪人が為吉、お君夫婦、それに客を一人人質《ひとじち》に取って立て籠《こ》もっていた。

落ち着いて聞いてみると、暴れているというのは大袈裟で刀を抜くことなく、善太郎を含む他の客たちが店に入ることを拒んだだけのようである。

それにしても店に居座っていることに変わりはなく、為吉、お君夫婦と客一人が人質となっていることは確かなようだ。

「退《の》いた、退いた」

善太郎が野次馬をかき分ける。

野次馬はむっとしたが、源之助が腰の十手《じって》を見せるとすごすごと引き下がった。

腰高障子《こしだかしょうじ》が閉じられている。

天窓は空いているため、風は取り込まれていようが、それにしても店の中はさぞや暑かろう。

源之助は腰高障子を叩きながら、

「北町の蔵間と申す。話がしたい。開けるぞ」

大きく声を放った。

腰高障子が音を立てて揺れるものの返事はない。

もう一度強めに叩く。

やはり、言葉は返されない。

ひょっとして、人質は殺されてしまったのか。

危惧《きぐ》したところで腰高障子が開けられた。開けたのは女であった。亀屋の女房、お君だと善太郎が囁《ささや》いた。手拭《てぬぐい》を姉さん被りにし、化粧気のない顔は汗まみれだ。汗を拭うゆとりもなく恐怖に表情を引き攣《つ》らせている。

店の中は縁台と小上がりがある。小上がりに二人の男がいた。一人は前掛けをしていることから主人為吉と思《おぼ》しき中年男。もう一人は若い男だ。脇に大きな風呂敷包が置いてあることからして行商人のようだ。昼餉を食していて事件に巻き込まれてしまったのだろう。

浪人は月代《さかやき》や髭《ひげ》が伸び、単衣の襟が汗と垢《あか》で黒ずんでいて袴《はかま》の皺《しわ》もなくなり、まことうらぶれた様子ではあるが、案外と落ち着いている。土間に仁王立ちとなって源之助に向きしっかりと視線を預けた。

定吉と思しき子供の姿はない。

「拙者《せっしゃ》、北町の蔵間源之助と申す」

再度源之助は改めて浪人に向かって名乗った。

「野州《やしゅう》浪人沢村一之進《さわむらいちのしん》と申す」

浪人も丁寧な物腰で挨拶を返した。

一膳飯屋に押し入った凶悪な浪人とはかけ離れた印象だ。

「蔵間殿は定町廻りか」

「いや、わたしは両御組姓名掛だ」

「両御組姓名掛……、聞きなれぬ役職であるな」

沢村は疑問を呈した。

無理もない、両御組姓名掛の仕事といえば、南北町奉行所の与力、同心の名簿作成である。本人や身内が死亡したり、縁談があったり、子供が生まれたりした時に、その都度《つど》、資料を追加していく。いたって、閑《ひま》な部署である。このため、南北町奉行所合わせて源之助ただ一人という閑職なのだ。

人呼んで居眠り番である。

部署の説明をすると沢村の顔に失望の色が浮かんだ。

「がっかりさせたようだな。貴殿、定町廻りに用事なのか」

「うむ」

沢村はうなずいた。

「わたしもかつては定町廻りを務めていた。役立てるかもしれぬ。用向きを申されよ」

源之助は心持ち懇願《こんがん》口調にした。

沢村は思案するように天井を見上げた。

沢村の注意がそれ、一瞬躍《おど》りかかろうかと思ったが止《や》めた。人質の安全も考えたからだが、沢村という男に凶暴さを感じなかったからだ。この男が理由もなく人質を取って立て籠もることはない。きっと、何らかのわけがあるはずだ。

堂々とした名乗りぶりからして偽名ではあるまい。素性を明かした上に町奉行所の定町廻りを頼っている。

俄然、沢村一之進という男に興味が湧いた。

「用向き、話してくれ」

源之助は再度願い出た。

沢村はかっと目を見開き、

「ここに連れて来てもらいたい者がおる」

「誰だ」

「わが妻、佳乃《よしの》である」

拍子抜けした。

いや、人質を取り立て籠もってまでして女房と会いたいのだ。きっと、厄介《やっかい》な問題があるに違いない。

「細君《さいくん》、江戸におられるのか。細君を連れてくれれば、人質を解き放ってくれるのだな」

「約束する」

「町奉行所の同心を頼るとは、細君の所在がわからず、探し出せということか」

「所在はわかっておる」

それなら、会いに行けばいいではないかという不満が源之助の胸をつく。いや、それができないからこんなことを仕出かしたのであろう。

「神田多町《かんだたちょう》に住まいする医師雨宮順道《あまみやじゅんどう》の所におる」

沢村は言った。

「患《わずら》っておるのか」

「至って健《すこ》やかだ」

「ならば、何故医者の所になど……」

「察しがつくだろう。拙者の元を去り雨宮に奔《はし》ったのだ」

沢村は自嘲《じちょう》気味な笑みを漏らした。

冷静さを保っていた沢村であったが、女房のことに話題が及ぶと表情が険《けわ》しくなった。

もっと、詳しい事情を知りたいところだが、沢村を刺激するのは憚《はばか》られる。沢村は去った女房とよりを戻したいのか、それとも斬ろうというのか。

今の話を聞く限りでは、雨宮という医師と沢村の妻佳乃は不義密通《ふぎみっつう》に及んだということだ。言い方は悪いが、沢村は妻を寝取られたのだ。寝取られた夫は妻敵討《めがたきうち》が許される。すなわち、沢村は妻敵討の名の下《もと》に雨宮と佳乃を斬ることができるのだ。

それをしないということは、雨宮が医師でありながら手練《てだれ》の者なのか、そもそも斬る気はないのか。

深い事情はわからないが、為吉夫婦と客の身を守らなければならない。

ともかくここは沢村の願いを聞き届けて佳乃という女を迎えに行くことにしよう。

佳乃に危害が及ぶかどうかはそれからのことだ。

「わかった。会ってまいる」

「必ず連れて来てくれ」

沢村は一歩前に出た。源之助への期待の大きさを物語っている。

「説き伏せよう」

源之助は請け負《お》うと踵《きびす》を返した。途端《とたん》に沢村に呼び止められた。

源之助が振り返ると、

「よもや、妙な動きを見せたら人質の命はないからな」

沢村は厳しい言葉を吐きながらも顔つきは和《やわ》らいでいる。佳乃を連れて来さえすれば、人質に危害を加えることはあるまい。

「わかっておる」

源之助は店の外に出た。

すると、無骨《ぶこつ》な八丁堀同心が立っている。源之助の息子源太郎《げんたろう》の妻、美津《みつ》の兄矢作《やはぎ》兵庫助《ひょうごのすけ》、南町きっての暴れん坊の評判を取る男だ。暴れん坊の評判にふさわしく真っ黒に日焼けし、牛のような風貌である。

矢作は中間《ちゅうげん》、小者を引き連れて待機していた。騒ぎを聞きつけて駆け付けて来たのだろう。

「早いな」

源之助が声をかけると、

「親父殿こそ、大事件あるところ蔵間源之助あり、ってか」

矢作は笑ったそばから笑っている場合ではないと口をつぐんだ。

源之助はかいつまんで中の様子を語り、沢村の要求を聞いて佳乃という女を迎えに行くことを告げた。

「わたしが佳乃を連れて帰るまで手出しは無用だぞ」

「親父殿の手柄《てがら》を奪おうとは思わん」

「馬鹿、わたしの手柄などどうでもいい。大事なのは人質の身だ」

「違いないな。わかった、ここから引き揚げるわけにはいかんが、手出しはせずに見張っておる」

矢作は約束した。

「よろしく頼む。話をしてみて思ったのだが、沢村一之進という男、無謀なことはすまい。武士としての礼儀をわきまえておる」

「そんな男が、逃げた女房会いたさに罪もない人質を取って立て籠もるものか」

理屈では矢作の言い分がもっともだ。沢村が人質を傷つけないというのは源之助の勘だけに、反論はしなかった。

そこへ、善太郎が心配そうに歩いて来た。

「大丈夫でしょうか」

善太郎は自分のことのように心配をしている。人質への同情と源之助を厄介事に巻き込んでしまったことの申し訳なさが入り混じっている。

「不幸中の幸いと申したら人質にすまないが、定吉はおらなかった」

「よかった」

善太郎は破顔し、胸を撫で下ろしたものの、「よくはありませんね」と人質の身を案じた。

「おまえは、家に帰れ。それから、善右衛門殿には対局の日延べをお願いしておいてくれよ」

敢《あ》えて碁を話題にすることで余裕を示した。

「わかりました」

善太郎はぺこりと頭を下げて雑踏に消えた。矢作が野次馬を怒鳴りつける。

「見世物じゃないぞ」

いきりたつ矢作に野次馬は遠ざかるものの、怖いもの見たさに帰ろうとはしない。

つくづく、野次馬というものは厄介《やっかい》なものだ。天下泰平の産物か、いや、戦《いくさ》の世にも野次馬はつきものだ。

源之助は道を急いだ。

二

沢村の妻を、雨宮順堂の診療所に訪ねた。

神田多町の横丁を入ってすぐの二階家である。通りすがりの棒手振《ぼてふ》りに道を尋ねると、この界隈《かいわい》では評判の診療所で、順道の父の代から雨宮先生と崇《あが》められていることがわかった。

同時に源之助も雨宮の父順斎《じゅんさい》のことを思い出した。

順斎は漢方医であったが長崎で蘭方《らんぽう》も学び、患者の病《やまい》に適した治療を行っていた。そのため、名医として名を馳せ、幕府の要職にある者の主治医も務め、特に大目付花《はな》岡対馬守《おかつしまのかみ》の信頼が厚かった。ところが、そのことが災いし、大名の典医とか診療の口はかからなかった。大目付花岡対馬守に通じていると勘ぐられたからだ。確か二年前に亡くなったはずだ。

雨宮順道は父の名を穢《けが》すことなく、雨宮診療所の看板を守っているようだ。

そんな雨宮順道と佳乃が不義密通に及んだ。

佳乃は大宮《おおみや》藩の藩士の女房であったからには、大宮の出なのではないか。それが江戸の町医者の元に奔ったというのは、雨宮と佳乃の間にどんな繋《つな》がりがあったのだろうか。沢村は江戸勤番で、佳乃も江戸住まいであったのかもしれない。もっとも大宮まではおよそ七里半、女の足でも一日とかからない。名医と評判の雨宮順斎、順道親子を尋ねて来ても不思議はない。

今はともかく、佳乃と雨宮の馴《な》れ初《そ》めよりも人質を無事解放することに集中しよう。

診療所の格子戸は開け放たれている。中を覗くと、数人の患者が板敷で診療を待っていた。三十畳ほどの板敷が診療所になっていて奥に衝立《ついたて》で仕切られた一角があり、そこで診療が行われているようだ。

女が患者の間を歩き容態を確かめている。凛《りん》とした佇《たたず》まいで、この暑いのに服装に乱れはない。お内儀さまと患者から呼ばれていることからして、佳乃なのだろう。声をかけようとしてはたとなった。いきなり沢村に会えといっても佳乃は戸惑うだろう。雨宮や患者の手前もある。

さてどうしようかと、躊躇《ためら》っている間に佳乃らしき女と視線が交わった。

女はどうぞお上がりくださいというように目で促してきた。源之助は板敷に上がり、隅に坐した。佳乃らしき女が近づいてきた。

源之助は素性を明かし、

「患者ではござらん。御手前、佳乃殿ですな」

佳乃はしっかりと首肯《しゅこう》してから目で用件を問うてきた。源之助は声の調子を落とし、

「沢村一之進殿を御存じですな」

佳乃の顔に一瞬動揺が走った。が、それも束の間のことで、

「夫でした」

しっかりと過去形で答えてから、

「沢村の方は、今もわたくしの夫と思っているのかもしれませんが」

と、言い添えた。

源之助はうなずいてから、

「沢村殿は佳乃殿と会いたがっております」

「存じております。昼、ここに尋ねてまいりました。話すこともないと、帰ってもらいました」

佳乃は淡々と言った。

「では、その後のことでしょう。沢村殿は日本橋長谷川町の一膳飯屋で人質を取って立て籠もっておるのです」

源之助は亀屋での騒動を語った。

佳乃の目が驚きと戸惑いに揺れた。

「無理強《じ》いはできぬが、一膳飯屋までわたしと同道くださらぬか」

源之助は申し出た。

佳乃は迷う素振りも見せず、お待ちくださいとすっくと立ち上がった。くるりと背中を向けて衝立《ついたて》の方に歩いて行く。佳乃の背中が衝立に隠れ、しばらくしてから佳乃は戻って来て、

「まいります」

頼んでおきながら後悔が胸をついた。

佳乃の身が案じられる。もっとも、人質の身も危機にあるのだが。


佳乃はきりりとした顔つきとしっかりとした足取りで源之助と共に亀屋へと向かった。道々、佳乃が沢村との因縁について語った。

沢村一之進は武蔵国《むさしのくに》大宮藩五万石西久保《にしくぼ》越中守《えっちゅうのかみ》盛義《もりよし》の元で郡方《こおりかた》の役人であった。

佳乃は沢村の上役郡奉行井上助右衛門《いのうえすけえもん》の娘で、五年前に沢村と祝言を挙げた。時に沢村一之進は二十三歳、佳乃は十八歳だった。

沢村は勤勉な男であった。郡方の役人として、領内の村々を地道に回り、年貢の取り立てに懸命に務めるばかりか、領民の暮らしぶりにも目を配った。夫婦の間には特別に波風が立つこともなかった。

「ただ、子を授からぬことが気がかりな点といえば気がかりであったのです」

「沢村殿の御家から何か苦情でも出たのですか」

「いいえ、沢村のお父上もお母上もそれはお優しい方で、焦ることはない。子宝は天からの授かり物だと慰めてくださいました」

実際、沢村は父が三十、母が二十七歳で産んだ子だという。それゆえ、子が授からぬことで責められることはなかった。

「平穏な日が続きました。それが昨年の秋のこと」

領内を激しい嵐が襲った。入間川《いるまがわ》の堤が破れ、多くの田圃《たんぼ》が洪水に呑まれた。五十人以上の領民が死に、多くの家が流された。当然のこと、その年の収穫は期待できなかった。沢村は懸命に領民の救済に当たった。城に備蓄された米で炊き出しを行い、領民たちの暮らしが立ち行くよう尽力した。

「沢村は、郡奉行を務めておりましたわたくしの父井上助右衛門を通じて、国家老大《おお》野掃部助《のかもんのすけ》さまに年貢の減免を願い出たのでございます」

佳乃は言った。

しかし、願いは国家老大野掃部助に握りつぶされた。藩主西久保越中守は江戸藩邸にあった。譜代大名として奏者番《そうじゃばん》の役を担《にな》っており、何かと交際費がかかる折である。加えて、寺社奉行への昇進を狙っていたため老中や大奥への付け届けは避けられない。このため、西久保家では年貢の取り立てを厳しくし、家臣たちからは禄の三分の一を借り上げ、出費を削減していた。

「結局、沢村の訴えは聞き届けられることはありませんでした」

沢村は自分の微力さを攻め立て、いつしか酒に逃げるようになった。

「とても優しく思いやりのある沢村が、人が変わったように乱暴になり、領内の見回りも怠るようになりました」

沢村は領民たちに申し訳ない思いに駆られていた。領民たちからすれば、沢村こそが自分たちを救ってくれる、という期待があった。実際、沢村も堅く約束してくれた。沢村は領内の庄屋の家々を回り、年貢の減免は難しいことを説明した。

領民たちの中には絶望の余り、首を吊る者もいた。こうした状況の中、怒りを沢村に向ける者も出るようになった。

「沢村は領民たちと接するのが怖くなったのです」

それゆえ、沢村は酒に逃げるようになった。朝から飲んだくれる日々が続いた。

「失礼ながら、雨宮殿との馴れ初めは如何《いか》なるものでしたのか」

源之助の問いかけに逃げることなく佳乃は、

「雨宮は大宮藩が大きな災害を受けたことを聞き、少しでも役に立ちたいと江戸からやって来たのです」

雨宮は大宮藩の窮状を聞きつけ、医術を役立てようと大宮藩の領内にやって来たのだそうだ。当初は大宮城下の寺に滞在し領民たちを無償で診療した。その寺、浄土《じょうど》宗《しゅう》の宝願寺《ほうがんじ》には、江戸から復興のために集められた大工や左官、瓦職人たちが逗留していたため、

「父が自宅の離れに招いたのです」

佳乃の実家井上助右衛門は郡奉行を務めていた。城下以外に領内の村に小さな屋敷があった。収穫の時期には、その屋敷に滞在して郡方の役人に指図を与えるということだ。その屋敷を雨宮に提供し、雨宮は診療することになったのだそうだ。

「わたくしは、父から頼まれ、雨宮の所に食事を作るように出向いたのでございます」

雨宮は寝食を忘れて領民の治療に当たったった。その誠実な姿は酒に溺れる沢村とはあ

まりにも対照的であった。

「いけないこと、許されざることを承知でわたくしは雨宮に心ひかれていきました」

佳乃の哀切籠もる物言いに源之助は言葉が返せない。

やがて、年貢の取り立ての時期となり、年貢取り立てに抗議をする領民が城に押し寄せた。大宮藩は鎮圧しようと兵を出すか協議を行った。実力行使に出れば、農民たちを退けることはできても、幕府からは大宮藩領内で一揆《いっき》が起きたと見なされ重い処罰が下される。

大宮藩は年貢減免の要求を半分受け入れ、なんとかして一揆が起きるのを防いだ。

その後、大宮藩ではこの騒ぎの責任は郡方にあるとされた。

「父は郡奉行を罷免され、沢村も職を解かれました」

沢村は職ばかりか西久保家からも離れた。

その時、佳乃は沢村への心が離れていた。雨宮は江戸に戻ることになったそうだ。

父から受け継いだ診療所をいつまでも留守にしておくわけにはいかないからだった。

「わたくしは、連れて行ってくださいと頼みました」

雨宮は躊躇いを示したが、佳乃の真剣さに打たれ、受け入れてくれた。

「不義密通の女でございます。沢村がわたくしを許せぬと申すのなら、わたくしは沢村に斬られなければなりません」

佳乃は言った。その言葉に偽りがないかのようにきつい目になる。運命を受け入れている女の強さを示してもいた。

「まこと、斬られてもよいのですな」

源之助は念押しした。

もちろん、沢村にむざむざと斬らせるつもりはない。

「わたくしは罪深い女でございます。このまま、幸せに暮らしておっては罰《ばち》が当たるというもの」

「雨宮殿はいかがされる」

佳乃は一瞬、言葉を詰まらせた。しかし、

「申し訳なく思っております。わたくしのような女のためにお父上のお名前まで傷つけることになってはと、まことに申し訳なく存じます。ですが、主人もわかってくれました。何時《いつ》かこういう日が来ることを覚悟していたそうです」

佳乃は雨宮をはっきりと主人と呼んだ。

「ならば、先を急ぎますがよろしいかな」

「関わりない方々にこれ以上の御迷惑はかけられませぬね」

佳乃は歩測を速めた。

夕闇が濃くなり、夜空を刃のような三日月が彩《いろど》った。大川の方では花火が打ち上がり始めた。花火を見上げる余裕などないが、夏の風物詩を沢村は見ているのだろうか。

花火を見る心のゆとりがあってくれと願いながら源之助は先を急いだ。

やがて、亀屋に近づいた。相変わらず野次馬が群れている。今のところ、動きはないようだ。矢作が強硬策に打って出るかと危惧したが、杞憂《きゆう》であってよかった。

「佳乃殿」

源之助は亀屋を指さした。

佳乃は黙ってうなずいた。

三

源之助がいなくなってから、矢作はじりじりとし始めた。夕暮れとはいえ、じめっとした暑さが残り、とめどもなく流れ出る汗を拭くのも鬱陶《うっとう》しい。

「いかん」

落ち着けと自分を諌《いさ》める。こうした時、焦りが一番の禁物である。相手は一人とはいえ、侍だ。腰には大小を帯びている。主人夫婦と行商人が一人、無理に踏み込めば、三人全てではないかもしれないが、犠牲者が出ることは間違いない。しかし、このまま何もせずに指を咥《くわ》えているというのも苛立《いらだ》ちが募《つの》るばかりである。

すると、

「兄上」

と、背中を叩かれた。

振り向くと義弟の蔵間源太郎がいた。源太郎は町廻りの帰りに騒ぎを聞きつけてやって来たのだそうだ。

「大騒動ですね」

源太郎は周囲を見回した。横丁の途中を南町奉行所の中間と小者が封鎖し、野次馬を遠ざけている。奉行所から増員が駆けつけ、矢作の指揮下には二十人の捕方《とりかた》が集結していた。袖絡《そでがらみ》、突棒《つくぼう》、刺股《さすまた》、梯子《はしご》といった捕物道具を手に矢作の号令でいつでも突入できる体制にある。

「北町の出る幕はございませんね」

源太郎は言った。

「ところが、そうでもないのだ」

矢作は思わせぶりな笑みを送った。

源太郎は首を捻ったがすぐに得心したように、

「まさか、父が……」

「そういうことだ。親父殿はな」

矢作は源之助がこの騒動に関わっている経緯を語った。

「なるほど、父ならば知らぬ振りで通すことはできませぬな」

源太郎は納得したようにうなずいてから、

「だから、親父殿が立て籠もる浪人の女房であった佳乃とかいう女を連れて来るまではこうして様子を見ているしかないのだ。女房に逃げられた情けない野郎なんぞ、おれ一人でもひっくくってやるんだがな、人質のことを思うとそれはできん」

矢作は苛々《いらいら》として石を蹴飛ばした。石がころころと転がり、天水桶《てんすいおけ》にぶつかった。

「とはいってもな、中の様子も気になるところだ」

矢作は空を見上げた。軒を連ねる商家の屋根に視線を這わせる。

「兄上、屋根伝いに亀屋の二階から入ろうというのですか」

源太郎が問いかけると、

「そういうことだ」

「やめておいた方が……」

源太郎は異論を唱えようとしたが聞く耳を持つ矢作ではないと口を閉ざした。果たして、矢作は絽の夏羽織を脱ぎ、大刀も鞘ごと抜くと源太郎に渡した。次いで小者に梯子を民家の軒に立てさせた。

「しっかり持っていろ」

矢作は言うと梯子に足をかけた。屈強な身体には不似合なほどの敏捷《びんしょう》さで梯子を上ると屋根に立つ。夕陽を避けるように右手を額にかざし、庇《ひさし》を作った。続いてゆっくりと足音を忍ばせ亀屋の方に進んで行く。

乾いた往来に矢作の影が動く。

源太郎も何もせずにはいられなくなった。

矢作の羽織と大刀を小者に預けると亀屋の方に歩いて行った。腰高障子の前に蹲《うずくま》り、耳を押し付ける。

「迷惑をかけるが辛坊《しんぼう》してくれ」

沢村らしい声が聞こえてきた。

今のところ、人質に危害を加えていないようだ。

そっと身体を起こし、右の人さし指を舐《な》めると障子に突き立てた。音を立てずに穴を開ける。

右目を近づけ、中を覗き込んだ。

入れ込みの座敷に人質である主人夫婦と行商人が座っている。三人の前に沢村らしき浪人が背筋をぴんと伸ばし正座をしていた。人質は怯《おび》えたように目を伏せているものの、沢村に乱れはない。但《ただ》し、いつでも抜けるように大刀を左に置いていた。

源太郎は腰高障子をそっと動かしてみた。しかし、ぴくりとも動かない。きっと、心張り棒を掛けてあるのだろう。矢作の話では、裏口も心張り棒がかけてあるということだ。

やはり、突入することは難しい。

腰高障子と裏戸を破れば、沢村は直《ただ》ちに人質を盾《たて》として応戦するだろう。捕方と入り乱れた攻防となり、混乱の中、沢村を捕縛できても人質は無事ではすむまい。やはり、源之助が沢村の妻を連れて戻って来るのを待つしかない。

頭上を見上げると矢作が亀屋の屋根に伝い下りるところだった。

矢作の足が亀屋の屋根にかかった。

すると、瓦が一枚ずるりと滑り落ちた。たちまち、沢村が立ち上がった。天井を見上げ、

「屋根におる者、去れ！　去らぬとこの者たちを斬る」

放たれた怒号は屋根の上の矢作にも十分すぎるくらいに伝わった。矢作は苦虫《にがむし》を噛《か》み潰《つぶ》したような顔となって、屋根から飛び降りた。

「しくじった」

矢作は舌打ちをした。

源太郎は店内を覗き込んだ。いきり立った沢村がこちらに向かって走って来た。矢作の行いは沢村から冷静さを奪っただけだった。

沢村は大刀を抜いて覗き穴目がけて切っ先を突き出した。

源太郎はのけ反《ぞ》り、仰向《あおむ》けに倒れてしまった。

間一髪《かんいっぱつ》、切っ先は障子を突き破っただけですんだ。

「下がれ、姑息《こそく》な奴らめ」

沢村の怒号が響き渡った。

源太郎と矢作は亀屋から遠ざかった。合わせて捕方も下がる。

「とんだ、藪蛇《やぶへび》だったな」

矢作は苦笑を浮かべた。

「しかし、人質は無事です。沢村は逃げた妻が来れば、人質を明け渡すのではございませんかね」

　源太郎は言った。

「そうかもしれんな。余計な手出しはしない方がいい。それにしても、沢村は女房が来たらどうするのだろうな」

　矢作は懸念を示した。

「妻を殺して自分も死ぬのでは」

「そう思うか」

「兄上はいかに思われますか」

「これほどの騒ぎを起こしてまで妻と会いたいということは、沢村も覚悟しておるのかもしれん。武士の覚悟とは死ぬことだな」

　矢作も源太郎の考えに同意した。

　とすれば、みすみす、二人の男と女を死なせることになる。なんとか、みなを無事に救う手立てはないものか。

「源太郎、不満そうだな」

「無駄死にを放ってはおけぬと思いまして」

「沢村にとっては無駄死にではないのだろうがな。このままでは生き恥じをさらし続けるという思いがあるのではないか。女房と人質たちはとばっちりだ。いや、女房はまだしも、為吉とお君、それに行商人はとばっちりもいいところだ」

矢作は苦笑を漏らした。

「不運ではすまされませんね」

源太郎は胸のもやもやが残ったままだ。

「それにしても親父殿、色んな厄介事に巻き込まれるものだな」

「最早《もはや》、驚きもしません」

「蔵間源之助の行くところ事件が起きる、か。いや、親父殿が悪いわけではないのだがな」

「父は八丁堀同心になるために生まれてきたのかもしれません」

「なるほど、生来の八丁堀同心か」

矢作はくすっと笑った。

すると、花火が打ち上がった。

漆黒の空に橙色の線が引かれ、ぱっと散ったと思うとひらひらと花が咲く。

「花火を見上げながら一杯と思っていたのだがな。とんだことに出くわしたものだ。いかん、いかん、そんなことを考えておったら、思わぬ落とし穴があるものだ」

矢作は自分を訝《いぶか》しむように首を横に振った。

四

「さあ、あそこですぞ」

源之助が言うと佳乃は、

「まいりましょう」

と、歩きだした。

すると、矢作と源太郎がこちらに気付き歩いて来る。

「なんだ、おまえも来たのか」

源之助は源太郎に言った。

「わたしは町廻りの帰りでした。まさかとは思いましたが、父上が関わっておられるとは」

「関わった以上は逃げるわけにはまいらぬ」

源之助は佳乃を紹介した。

「御迷惑をおかけします」

佳乃は丁寧に腰を折った。

「佳乃殿が悪いのではござらん」

矢作は佳乃の毅然とした態度に気圧《けお》されたようだ。

「では、早速《さっそく》まいります」

佳乃は亀屋に向かって歩きだした。源之助がつきそう。すると、

「佳乃、一人でまいれ」

閉じられた腰高障子越しに沢村の声が聞こえた。障子の破れ目からこちらの様子を見ているようだ。

源之助は佳乃の身を案じたが、

「わたくし一人でまいります」

佳乃は毅然と告げた。

源太郎が危ぶむのを源之助は目で制した。ここは、佳乃に任せるべきか。

佳乃が亀屋に入ったと同時に突入するのがいいか、自棄《やけ》になった沢村が暴発するか。思案が定まらないうちに佳乃は歩きだした。背筋をぴんと伸ばし、膝を割らないように歩く姿は道の両側にひしめく捕方たちも息を呑んで見つめるほどの威厳を漂わせて

いる。

腰高障子は閉じられたままだ。

源之助は沢村の視界に入らないことを願いつつ道の端を小走りに後を追う。捕方が控える一番先まで達して、いつでも亀屋に飛び込める位置で待機した。

ようやくのことで風が出てきた。生暖かい風が砂塵を舞わせ、捕方が一斉に手で目を覆った。しかし、佳乃の歩調は緩《ゆる》まない。

やがて腰高障子の前に達する。

深く息を吸い、吐き出すと、

「一之進殿、佳乃です」

と、声をかける。

源之助は佳乃を注視した。気付けばじんわりとした嫌な汗が全身から滴《したた》っている。

返事がない。

「一之進殿、まいりました」

もう一度佳乃が声をかけ、同時に腰高障子を右手で叩く。しかし、腰高障子は開かない。佳乃は開かない腰高障子を何度も叩いた。ついには、手をかけ横に引いた。しかし、ぴくりとも動かない。

佳乃は当惑し、

「一之進殿、一之進殿、開けてくだされ」

その声には焦《あせ》りが生じ、凜として保っていた武士の妻としての威厳すらも失われている。髪がほつれ、うなじに光る汗が源之助の目にもはっきりとわかった。

おそらく心張り棒がかけてある腰高障子を必死に開けようともがいている。

たまりかねて源之助が飛び出し、佳乃に駆け寄った。捕方もこちらに向かってくる。

源之助は来るなと右手を払い、左の拳《こぶし》で腰高障子を強く叩いた。

が、それでも無反応だ。

強い疑念と不安に胸がかきむしられる。

店内で異変が起きたのではないか。沢村は人質たちを殺したのでは……。

沢村一之進、血迷ったか。

たまらず腰を屈めて、覗き穴から店内を見た。

「ううっ」

思わず呻《うめ》いてしまった。

入れ込みの座敷に男女三人が倒れ血溜まりができている。土間には沢村が倒れていた。

沢村は人質を殺し、自害したのか。

佳乃を待ちきれなかったのか。

いや、今はそれよりも…。

源之助は立ち上がった。佳乃が恐れを含んだ疑念の目を向けてくる。

ともかく中に入らねば。

源之助は矢作と源太郎を振り返り、

「踏み込むぞ」

と、怒鳴った。

矢作はわけを問うようなことはせず、

「踏み込め！」

捕方に号令を発した。

捕方が矢作を先頭に怒濤《どとう》の勢いで突進する。砂塵を巻き上げながら腰高障子に殺到した。袖絡と突棒が繰り出された。

大きな音と共に腰高障子が倒れる。

真っ先に矢作が飛び込んだ。次いで源之助も中に入る。捕方は外で待機した。

「こりゃ、ひでえな」

矢作は店内の惨状を見回した。

入れ込みの座敷で突っ伏している為吉とお君は、肩口から袈裟《けさ》懸《が》けに斬られ、息絶えていた。沢村は脇差《わきざし》で腹を切り、留《とど》めに首筋を切って命絶えたと思われる。

もう一人の人質である行商人から呻き声が漏れた。

矢作が抱き起こす。

行商人の目が開いた。しかし、脇腹から出血をしており、顔面は蒼白、唇が震えていて言葉にならない。矢作は止血をしようと、さらしを用意させ、まずは応急処置を施した。そして、医者に連れて行くように捕方に命じる。

雨宮順道の診療所ならここからほど近いということで、雨宮の診療所に運び込まれることになった。

佳乃が入って来た。

店内の有様《ありさま》に絶句し呆然と立ち尽くした。

そして、沢村の亡骸《なきがら》に視線を注ぐものの言葉も出ない。

佳乃は亀屋夫婦の亡骸に合掌してから沢村の亡骸に向かった。

源之助も矢作も言葉をかけられない。

源太郎は重傷を負った行商人の付き添いで雨宮の診療所に向かった。

「一之進殿……」

佳乃はようやくのことで重い口を開いた。だが、後が続かない。源之助も矢作も声をかけることを憚《はばか》ったため、重苦しい沈黙が続いた。

花火の音がやたらと耳につく。

やがて、佳乃が跪《ひざまず》いた。

「あなた、一体、何をしたかったのですか。わたくしを殺《あや》めたかったのではないのですか。何故、わたくに刃を向けてくれなかったのですか。罪もない人たちに……、このような酷《ひど》いことを、あなたは……。あなたはなんということを」

佳乃の両目から涙が溢れ出た。

そして、懐に手をやった。

佳乃は懐剣を抜き、逆手《さかて》に構えると自分の咽喉《のど》を突こうとした。

源之助はさっと飛び出して佳乃の手を摑むや、ねじり上げる。懐剣が土間に広がる沢村の血の中に落ちた。

佳乃は声を放って泣いた。

「もしや、佳乃殿は沢村殿と刺し違えるお覚悟であったか」

源之助が問いかけると、佳乃は泣くのを止め、懐紙で涙を拭った。

「酒で身を持ち崩した一乃進殿はだらしない暮らしを送るばかりか、優柔不断ともなりました。わたくしを呼んだのはわたくしを殺し、自害するつもりと思いました。わたくしは、沢村の手にかかり死ぬことを覚悟しました。それが不義密通の果ての女のさだめと思ったからです。ですが、わたくしが覚悟しましても、一之進殿は決意を鈍らせるかもしれません。取り乱し、わたくしを斬らぬまま逃げ出すかもしれません。優柔不断な一之進殿ならあり得ることにございます」

一之進が未練を見せたなら、自分は命を絶とうと懐剣を懐に呑んできたのだそうだ。いかにも佳乃らしい毅然とした対処であった。

しかし、その佳乃の気持ちは無残にも裏切られてしまった。最悪の形で。

状況からすると、沢村は佳乃を待ちきれずに錯乱し、亀屋の夫婦を斬殺し、行商人も傷つけ、自らの命を絶った。

一人の男が招いた惨状である。

すると、

「おっとう、おっかあ」

という子供の声が聞こえた。

入口に男の子が立っている。矢作が近くに行き、

「ここの子か」

と、子供の頭を撫でる。

善太郎が言っていた為吉、お君夫婦の子、定吉であろう。

子供は泣きじゃくった。そこへ、善太郎がやって来た。善太郎は真っ青な顔で源之助に話をしようとするが、舌がもつれて聞き取りにくい。それでも、子供を見ながら、

「定吉と申しまして、亀屋さんの息子なんですよ」

「そうか、ここの倅《せがれ》か」

矢作は慰めの言葉も出てこない様子だ。定吉は泣きじゃくった。善太郎は成す術《すべ》もない。捕方が三人の亡骸をひとまず、近所の自身番へと運び始めた。

佳乃は定吉を見やった。定吉は呆然としている。佳乃もどうしていいかわからないのだろう。一度に両親を亡くした。しかも、自分の亭主だった男の刃にかかったとはさぞや複雑な気持ちに相違ない。

「さて、どうするかな、この子」

矢作も当惑して源之助に尋ねてきた。源之助とても即答できない。すると、

「あたしが、連れて帰りますよ」

善太郎が申し出た。

「よいのか」

源之助は思わず問い返してしまった。

「為吉さんとお君さんの葬式も出さなきゃいけませんからね。おとっつあんだって嫌とは言わないでしょう」

善右衛門は町役人《ちょうやくにん》をしている。町役人の立場だけではなく、孤児となった定吉のために骨を折ることを厭《いと》わないだろう。

「あたしは、よく、ここで昼餉を食べていましたからね。お君さんには、大振りの焼き魚をもらったり、沢庵《たくあん》をただで添えてもらったり、そりゃ世話になったんです」

語っているうちに善太郎の目から大粒の涙が溢れ出た。定吉を抱きしめ、

「お兄ちゃんの家に行こうな」

「どうして、どうして、おっとうとおっかあは死んだの。殺されたの。ねえ、善太郎お兄ちゃん、殺されたんでしょう。どうして、殺されたの。誰が……。悪いことをしたの」

定吉が喚《わめ》き立てた。

善太郎は答えられずに頭を撫でるばかりだ。

すると、佳乃が、

「坊や、わたくしの夫、沢村一之進が殺したの。坊やのおとうさまもおかあさまも、少しも悪くはないのよ。悪いのは夫、そしてわたくしなの」

定吉は佳乃を見上げた。

矢作が、

「善太郎、ひとまず定吉を連れて帰れ」

「定吉、行くぞ」

善太郎は強く首肯すると定吉を連れて店を出て行った。

なんとも酷い夏である。

五

一日置いた五日の朝、源之助は矢作と共に雨宮の診療所にやって来た。今日も佳乃はてきぱきと患者への対応をしているが、影を感じさせてしまう。

読売《よみうり》は亀屋の事件を大々的に書きたてた。大宮藩の浪人が逃げた女房会いたさに一膳飯屋に立て籠もり主人夫婦を道連れに自害した。侍の風上《かざかみ》にもおけないみじめな浪人沢村一之進を罵倒し、佳乃と雨宮の不義密通を面白おかしく書き立て、揚句《あげく》に惨劇を防ぐことができなかった町奉行所の同心蔵間源之助と矢作兵庫助を批判していた。源之助も矢作も堪《こた》えた。読売の記事にではなく、沢村の暴走を許してしまったことが悔《く》やまれてならない。現場に張り付いていた矢作以上に、沢村が無茶をするはずはないと見定めた源之助は八丁堀同心としての勘が鈍ったと自信が大きく揺らいだ。そんな源之助と矢作以上に、佳乃は傷ついているに違いない。それでも、懸命に患者たちのために働いているのは、さすがは武家の妻女である。いや、雨宮への申し訳なさから己を奮い立たせているのかもしれない。

重傷の行商人は奥の座敷で寝かされていた。雨宮順道によると、刀の刺し傷が脇腹にあるが、急所を外れていたそうだ。傷口を消毒し縫い合わせたとのことで、五日ほど寝ていれば回復するだろうということである。

源之助も矢作も行商人が沢村の犯行を明らかにできるただ一人の証人とあってほっと安堵した。佳乃も行商人が沢村の被害者ということもあって、献身的に看護に当たっていた。

その甲斐《かい》あって、行商人は口が利《き》けるまでには回復したそうだ。

奥座敷に入ると、行商人は身を起こそうとしたが、痛みが走ったのか顔を歪ませ布団の中で悶《もだ》えた。

「構わん、寝たままでいい」

矢作が声をかける。行商人はうなずくと仰向《あおむ》けになった。

改めて見ると、相当な男前である。抜けるような白い肌、鼻筋が通り、唇は紅《べに》を差したように紅い。切れ長の目が涼しげで行商人というよりは、役者でも通用しそうだ。

「とんだ災難だったな」

矢作が声をかけた。

「は、はい」

行商人は薬種を商っている彦六《ひころく》だと名乗った。怪我で衰えているとはいえ、声も艶《つや》っぽい。小唄でも唸《うな》れば、自慢の咽喉《のど》が披露されることだろう。女が放っておかないのではないか。さぞやもてることだろうと、源之助は思った。命を落とせば、悲しむ女が数多《あまた》いるのかもしれない。

彦六は大坂《おおさか》の薬種問屋から薬種を仕入れ、全国を売り歩いているのだそうだ。

「全国といっても、東は関東、西は播磨《はりま》辺りまでですが」

言葉に上方訛《かみがたなま》りがないのは、生まれは武蔵国の多摩《たま》だからだそうだ。

事情を尋ねることは矢作に任せた。

「江戸にもよく立ち寄るのか」

「江戸は避けて通ることができませんので」

「そりゃそうだな。で、亀屋には何度か来たことがあるのか」

「昨日が初めてでした」

彦六は答えると、傷が痛むのか、己《おの》が不運を思ったのか顔をしかめた。

「思い出したくないだろうが、一昨日のこと、聞かせてくれ」

「わかりました」

彦六は語りだした。

一昨日の昼八つ（午後二時）近く、彦六は遅い昼餉を食そうと亀屋の暖簾を潜った。昼餉時を過ぎたせいで、店内には誰もいなかったそうだ。入れ込みの座敷に上がり、昼餉を注文した。飯を食べ終えて、一服しようとしたところで、沢村一之進が入って来たのだった。

「なんだか、目つきが悪いっていいますかね、ぎらぎらとしていて、こりゃやばいなと感じましたんで、早々に出て行こうと思ったんですよ」

彦六は昼餉代を置き、そそくさと出て行こうとした。ところが、

「待て、って呼び止められました。あたしは、びくっとなって足がすくんでしまいま

した」

　彦六は恐怖が蘇《よみがえ》ったのか身をすくませた。

　浪人、すなわち沢村は座敷に上がるよう命じ、次いで亀屋の夫婦、為吉とお君にも座敷に座るよう脅した。

「逆らっては、命はないものと思いましたんで、浪人さんを怒らせないように素直に従いましたよ」

　彦六も為吉、お君も言われるままに座敷に座った。沢村は、大人しくしていれば危害は加えないと言ったそうだ。

「それで、あたしがどうすればいいんですかって訊いたんです」

　沢村は雨宮順堂の妻佳乃を連れて来いと要求したそうだ。行商人の彦六が雨宮の診療所がわかるはずはなく、当惑していると、為吉が知っていた。それで、為吉が連れて来ることを請け負った。

　すると、

「浪人さん、急に迷い始めたんですよ」

　沢村は為吉に任せていいのか迷いだした。為吉がこのまま逃げてしまうのではと危惧したのだった。為吉が見ず知らずの一見客《いちげんきやく》彦六はともかく、女房を見捨てて逃げるはずはない。為吉も信じてくれと言ったのだが、沢村は躊躇《ためら》いを示した。

佳乃が言っていたように沢村は優柔不断であった。そうしているうちに、

「客が入って来たんです」

彦六は知る由《よし》もなかったが、それが善太郎であった。善太郎はびっくり仰天《ぎようてん》し、走り去った。

すると、

「騒ぎを聞きつけた野次馬が群れてきたんです」

ここで源之助が矢作に、

「善太郎に呼ばれて、わたしが駆けつけたということだ」

沢村は源之助が駆けつける間、どうしようかと迷っていた。

「それでも、そちらの……」

彦六は首を伸ばし源之助を見た。源之助はうなずく。八丁堀同心たる源之助がやって来て要求を聞いてくれ、沢村は安堵した。

源之助は、

「わたしが佳乃殿を連れて来ると請け負ったことで、沢村は気持ちを落ち着けたようだったが、それがどうしてあのような暴挙に出たのか。あれほど、佳乃殿に会いたいが

っていたのに、佳乃殿がやって来る前にあのようなことをするとは」

まさしく大きな疑問である。

矢作も考え込むように腕を組んだ。

「沢村はどうして刀を抜いたのだ。一体、何があったのだ」

「よくわかりません」

彦六はひたすら怯えていたそうだ。

それが、

「突然でございました」

沢村は何か喚《わめ》き始めたそうだ。何を言ったのか、聞き取れないくらい錯乱していたという。

「それで、刀を抜いて飯屋のご夫婦に斬りかかったんです。あたしはもう、びっくり仰天しまして」

彦六は慌てて逃げようと思ったが、腰を抜かしてしまって動くことができなかった。怖くて沢村を見ることができず、這《は》い蹲《つくば》るのが精一杯だったという。

「本当に、びっくりしましたよ。あん時はもう諦めました、これで、あの世へ行くんだって覚悟は決めませんでしたが、諦めましたね」

彦六は手を合わせて、「なまんだ、なまんだ」と念仏《ねんぶつ》を唱えた。その姿はいかにも命拾いしたことに感謝をしているかのようだ。

「それで、おまえを刺した後に、沢村は腹を切ったのだな」

矢作が念押しをすると彦六はそうですと首をすくめた。

沢村は錯乱したのか。

佳乃が待ちきれなかったのか。それとも、佳乃に会うのが怖くなったのか。いざ、会う、そして、一緒に死ぬことが怖くなってしまった。佳乃が語る沢村の優柔不断な人柄を思えばあり得ないことではない。

実に酷い。

彦六は顔をしかめた。傷が痛み始めたようだ。矢作は源之助を見た。まだ何か訊きたいことがあるのかと言いたいようだ。

源之助は首を横に振った。

二人は寝間から出た。

佳乃が待っていた。

「お疲れさまです」

佳乃は頭を下げた。

その面差しは疲れきっていた。ひたすらに自分を責めてきたようだ。

「わたくしのせいで、彦六さんはこのような怪我を負いました」

「佳乃殿のせいではない。傷を負わしたのは沢村ですからな」

源之助の慰めは佳乃には通用しそうになかった。

「亀屋さんのご夫妻、残された坊やが気の毒でなりません」

佳乃は言った。

定吉はまだ八歳ということだ。善太郎が親戚を探すと言っていたが、見つかればいいのだが、親戚が見つからない場合、定吉の将来も考えてやらねばならない。

「定吉のことは、奉行所でも考えます」

源之助は言ったが、佳乃の心配は去りそうになかった。そこへ雨宮がやって来た。

雨宮は源之助と矢作に軽く頭を下げた。

「今回のこと、責任の一旦はわたしにもあります」

雨宮は自分が佳乃を連れて江戸に来なかったなら、こんな悲惨な事件は起きなかったという思いが渦巻いているようだ。自分たちの不義密通がもたらした惨《むご》い事件だと己を責め立てているのかもしれない。

「これ以上、ご自分を責めないことですぞ」

矢作が言った。

「わたしはやはり人として間違いました。この上は医術で世の中に恩返ししなければなりません」

雨宮はいかにも自分に言い聞かせるかのように深いため息を洩らした。

佳乃も目を伏せる。

いかにも重苦しい空気が流れてしまった。

「これからは罪を背負って生きていきます」

雨宮の言葉に、

「わたくしのせいです」

佳乃も言い添えた。

「ならば、彦六を達者にしてやってくだされ。頼みます」

源之助の言葉に雨宮は力強くうなずいた。佳乃も自分に言い聞かせるように強く首肯した。

六

　三日後の八日の昼下がり、源之助は杵屋を訪ねた。居間で善右衛門と茶を飲んだ。善右衛門は亀屋の一件に深く同情していた。そのせいか、定吉の面倒を見ることに躊躇いを示していない。定吉は部屋の隅で絵双紙を読んでいた。

「善太郎が親戚を探しているんですがね、どうにも見つからなくって」

　為吉とお君夫婦は一年前に店を出したのだそうだ。それまでは、下野《しもつけ》の鹿沼《かぬま》近郊の村で百姓をしていたそうだが、暮らしができなくなって、田畑を手放し江戸に出て来たという。善太郎によると、過去は余り語りたがらなかったそうだ。当節、百姓が田畑を手放して江戸に出て来るのは珍しくはない。

「善太郎は鹿沼まで行っているのですか」

「はい。わたしも、止めはしませんでした」

「善太郎、頭が下がりますな」

　源之助は定吉を見た。定吉はひたすら本にのめり込んでいる。両親の死を忘れようとしているのだろうか。

善右衛門が、

「賢い子でございますよ」

と、感心したように言った。

夢中で本を読み、習字も達者なのだとか。受け答えもしっかりとしており、両親を失った悲しみにも耐えているという。

「もし、この子の親戚が見つからなかったら、うちで引き取ろうかと思っております」

善右衛門は奉公させようと考えているそうだ。

源之助は定吉に向いた。

向いたものの何と言葉をかけていいのかわからない。ただ、微笑んでいるばかりとなった。

定吉は源之助に向いて、

「おじさん、八丁堀の旦那でしょう」

「蔵間と申す」

源之助が返事をすると、

「おいら、おとっつあんとおっかさんを殺した浪人が店に入るのを見たんだ」

定吉は店から出るところに沢村とすれ違ったそうだ。

「怖かっただろう」

「そうでもなかった」

定吉の受けた印象は町で見かける浪人の方がよほど怖くて、沢村はむしろ優し気に定吉の頭を撫でてくれたという。

「定吉が出かけた時には店の中には、行商のおじさんがいたのだな」

源之助が問いかけると、

「いなかったよ」

定吉はきっぱりと首を横に振った。

「いない……」

源之助は首を傾《かし》げた。

「店の中は誰もいなかった。もう、お昼時が過ぎていたから、お客がいなかったんだ。だから、おいらも外に遊びに出たんだもの」

定吉は言った。

すると、彦六の記憶違いであろうか。

いや、記憶違いではあるまい。彦六は事細かに覚えていた。飯を食べ終えてから沢村がやって来たのだと。

では、意図的に違う証言をしたということになる。何故、いつわったのか。彦六の考えがわからない。

源之助は彦六の証言を思い出した。

怖くて沢村を見ることができず這い蹲って、逃げようとした。腰が抜けていたからだ。すると、彦六は沢村に対して尻を向けていたことになる。

となれば、背中から刺されたはずだ。

——おかしい——

源之助の胸に暗雲が垂れ込めた。

「どうしたの」

定吉が訊いてきた。

「いや、なんでもない」

源之助は笑みを浮かべた。

定吉は読書に戻った。

「いかがされましたか」

善右衛門も気がかりなようだ。

「いや、少々腑《ふ》に落ちぬことが」

と、言ったところで善太郎が帰って来た。全身汗みずくである。下野鹿沼近郊の為吉夫婦出身の村に行ってきたそうだ。寺や庄屋を回り、夫婦のことを訊いたが、見知っている者はいなく、親戚は見つからなかったという。とりあえず、心当たりがあったら文で知らせてくれるよう頼んできたということであった。

「定吉、心配ないぞ。いつまでだって、うちにいていいんだから」

善太郎は善右衛門を見た。善右衛門もうなずく。

定吉は本から顔を上げようとしなかった。

その足で雨宮の診療所に向かった。彦六は奥で寝ていた。佳乃が不信な目を向けてきた。

「彦六に話が聞きたい」

源之助の表情に佳乃は首を傾げた。雨宮は往診に出かけているそうだ。

「まだ、傷が完全に治っておりませんので、できましたら、あまり、長い間は避けていただきたいのですが」

佳乃は彦六を守ることがせめてもの罪滅ぼしと思っているようだ。源之助は、

「時は要しませぬ」

と、言ってから診療所の板敷を横切り奥の座敷へと入った。彦六は大分気分がよくなったようで、粥《かゆ》を食べていた。顔に艶が出てきた。やはり、男前である。

「これは、蔵間さま」

愛想よく笑みを投げてくる。

「無理はするな」

「もう、平気ですよ」

「それはよかったな。ところで、ちと、聞きたいことができたのだ」

「あたしでわかることでしたら」

彦六は布団の上に座った。寝ていても構わないと言ったが、大丈夫だと彦六は返した。

「先日、そなた、亀屋に入った時は誰もいなかったと申したな」

源之助が問いかけると彦六の目がわずかにぴくぴくと動いた。

「ええ、そうでしたがね」

「飯を食べ終えたら、沢村がやって来たのだな」

「はい」

言葉尻が怪しくなってゆく。

「ところが、お主よりも先に沢村が亀屋に入って行くのを見かけた者がいるのだ」

源之助は言った。

「そんな……」

彦六は当惑の表情を浮かべたが、

「ああ、そうでしたかな。記憶間違いかもしれません。何しろ、あんなことがございましたので、すっかり動転してしまいました。それで、間違っていたのかもしれませんん」

「そんなことを間違えるものだろうかな」

源之助は皮肉な笑みを浮かべた。

「すみません」

彦六は頭を下げた。

「謝ることではない。それと、これも覚え間違いであるのかな」

背中を刺されず腹を刺されたことを言った。彦六が、

「そ、そうでございますな、あの時は本当に腰が抜けておりまして、それでへなへなと畳を這ったのでございます」

「逭ったのであったら、逃げるのであるから、沢村には尻を向けておるはずだな」

「さようでございますな」

「それなら、背中を刺されたと思うが」

源之助はここで言葉を止めた。

「いや、それは」

彦六は目をぱちぱちとさせた。

「どうなのだ。記憶違いか」

「それは」

彦六は呟いてから、

「そうです。あの時、沢村さまに刃を向けられ、怖くなっていたのですが、身体を表に向けたのでございます」

「どうしてそんなことをしたのだ。それでは益々《ますます》怖いであろう。それに、腰が抜けていたのであろう」

源之助は執拗《しつよう》に問いを重ねた。

「ですが」

彦六の言葉はあやふやになってゆく。

「話せ。まことのことをな」

源之助はいかつい顔を際立たせた。

「正直に申しております」

彦六は言った。それから、急に腹を抑えた。いかにも苦し気に、

「腹が痛みます」

「ならば、寝て構わぬぞ」

源之助が言った時に佳乃が入ってきた。佳乃は彦六が苦しむさまを見て、

「蔵間さま、これ以上は無理でございます」

と、言った。

「いや、いま少し」

源之助はつい、強い口調になってしまった。これが佳乃には逆効果となった。源之助の高圧的な態度から彦六を守らねばという使命感を呼び起こしたようである。

「いけません」

佳乃は言った。

佳乃の前で彦六を追及するのは憚られる。

「わかりました。今日のところはこれで帰ります」

源之助は腰を上げた。

なんとも、後味が悪い。彦六は何故、あのような嘘を吐《つ》いたのか。

ひょっとして、彦六が沢村を殺したのか。そして、夫婦さえも。

役者のような彦六の顔の裏にある邪悪さが気になって仕方がない。

第二章　謎の行商人

一

　その晩、八丁堀の組屋敷で源之助は胸のもやもやを抱いて過ごした。翌九日早朝、寝間を出ると、既に強い日差しが照り付けている。白く光る庭に蟬《せみ》の鳴き声が降り注ぎ、今日も炎暑であることを告げていた。

　縁側に並んだ朝顔の鉢植えに心慰められることもなく、納豆売りの売り声を耳にしながら居間に向かう。

　味噌汁の香が鼻先をかすめ、

「お早うございます」

　妻の久恵《ひさえ》が挨拶を送ってきた。

源之助も挨拶を返し、朝餉の膳に向かった。こう暑くては食欲減退だと思いながら豆腐の味噌汁を啜る。すると、味噌汁が呼び水となって食欲が湧いてきた。煮干しにかぶりつき、白い飯をかきこむ。次いで、沢庵《たくあん》を嚙む。

塩気が心地よく舌を覆い箸が止まらない。嚙むのも煩《わずら》わしいくらいに飯を平らげ二膳めをお替わりした。

齢《よわい》を重ね、体力が落ちているはずなのに食欲は一向に衰えない。食い意地が張っているのか、壮健なのか、自分ではわからない。

食事を終えて茶を飲んでいると、

「美津殿が驚いておりましたよ」

久恵が言うには息子源太郎の嫁美津が、「お父上さまはまこと健啖《けんたん》でいらっしゃいます」と驚いているそうだ。連日の酷暑で、源太郎は朝餉など一膳食べるのも億劫《おっくう》なのだとか。

「わたしは、あまり酒を飲まぬ。源太郎は酒好きだ。一日に胃の腑に納まる米の量はひょっとしたら源太郎の方が多いかもしれんぞ」

「それでは、源太郎は相当な酒飲みですよ」

久恵は源之助の大食ぶりを思ったようで、おかしげに肩を揺すった。

源之助もひとしきり笑うと身支度にかかった。

まずは、雨宮の診療所に出かけよう。


四半時後、神田多町にある雨宮順道の診療所にやって来た。

格子戸を開けると、朝早いせいか、亀屋の事件が災いしてか、患者はいない。すると、佳乃が血相を変えて源之助に駆け寄って来るや、

「彦六さんが居なくなりました」

切迫《せっぱく》した様子で告げた。

「なんですと」

源之助は断りを入れることも忘れ、板敷きに上がり込むと奥の座敷まで一気に突っ切った。座敷は布団が敷かれているだけで彦六の姿はない。

佳乃が入って来た。朝、覗くと既に彦六はいなくなっていたのだそうだ。

「申し訳ございません」

佳乃は自分の落ち度だと深く詫びた。そこへ雨宮も加わった。佳乃は雨宮にも詫びの言葉を並べ立てる。雨宮は冷静な口調で、

「もう、二日ほど安静にしておった方がよいのですがね」

診立《みた》てを語り、命に別状はないのだがと言い添えた。雨宮も佳乃も彦六の怪我を心配しているようだが、源之助は彦六の行状の方が気がかりだ。

亀屋の惨劇は沢村一之進の仕業《しわざ》ではなく彦六の仕業ではないかという疑念が、彦六が姿を消したことで裏付けられた気がした。

「お二人に聞いていただきたいことがござる」

源之助の真剣な表情を見て雨宮が、

「お座りくだされ」

源之助はうなずくと坐した。佳乃と雨宮も座る。

「亀屋の一件、沢村殿の仕業にあらず」

源之助が切り出すと、

「そんな……」

佳乃は口をぱくりとした。

「まさか、彦六がやったことなのですか」

雨宮も冷静ではいられない。

「いかにも」

源之助はうなずき返した。

佳乃は半信半疑の様子だ。

雨宮はわけを問うてきた。源之助は彦六の矛盾《むじゅん》した証言を話し、今朝は証言の真偽を確かめに来たことを語った。雨宮は源之助の推論を受け入れた。佳乃は途方に暮れている。無理もない。夫であった沢村の仕業と信じていた惨劇が彦六の仕業とは、俄《にわ》かに気持ちも考えも整理がつかないに違いない。

それでもしばらく時を置いて、

「では、一之進殿は、濡れ衣を着せられてしまったのですね。そればかりか、わたくしは一之進殿を殺した男を手当てしておったのですか」

佳乃は悔し気に唇を噛んだ。

「佳乃、誰であれ目の前の患者を助けるのが医者の本分だ。そなたは医者の女房であることを忘れてはならぬ」

雨宮に諭《さと》されても佳乃は複雑な思いから脱することはできないようだ。

「どうして、彦六は一之進殿を殺したのでしょうか」

佳乃は強い眼差しで問うてきた。

「それはわかりません。わかりませんが、彦六は沢村殿を追って来たのだと思われます。為吉とお君は気の毒にも巻き添えを食ったのでしょう。沢村殿は剣の腕はいかがでしたか」

源之助は佳乃に尋ねた。

「父の話では、相当な遣い手であったそうです。城下の道場では右に出る者がなかったとか」

油断をついて襲ったのであろうが、彦六は見事に仕留めている。それに、為吉とお君も鮮やかに斬殺《ざんさつ》していた。一刀の下《もと》、袈裟懸けに斬り殺した腕は生半可《なまはんか》ではない。彦六の練達ぶりを物語っていた。

彦六、何者であろう。

行商人に扮していたことからして、どこかの隠密《おんみつ》であろうか。

隠密としたら……。

「大宮藩西久保家から遣わされた隠密かもしれませんな。沢村殿は西久保家にとって、迷惑な存在だったということは考えられませんか」

「御家から命を狙われるような恐ろしい人とは思えませぬ。わたくしの知る沢村一之進は生真面目だけが取り柄でござりました。その生真面目さが酒によって失われてしまったのです。御家を離れた沢村は至って無力な存在でしかなかったことでしょう」

佳乃の話だけでは、沢村が何者なのかわからない。彦六が大宮藩西久保家の隠密として口封じに沢村の命を奪ったのだとしたら、佳乃の知らぬところで、沢村は西久保家にとって不都合な事実を知ってしまったのかもしれない。

彦六を追わねば。

佳乃はぶるぶると震え始めた。雨宮がそっと肩を抱き寄せる。

源之助は勤め先の北町奉行所ではなく、南町奉行所を訪ねた。長屋門を入ってすぐ脇にある同心詰所に顔を出し、矢作を探す。ところが、矢作の姿はない。町廻りに出て行ったのかと思っていると同僚の同心が、八丁堀の鶴《つる》の湯《ゆ》だと教えてくれた。矢作にとって町廻りの際の休憩所らしい。

とりあえず、鶴の湯へと向かった。

鶴の湯の二階に上がった。

矢作は羽織も小袖も脱ぎ、下帯《したおび》一つとなって寝転がっていた。源之助は羽織を脱ぎ、あぐらをかいた。小袖が背中にべっとりと貼り付いて気持ち悪い。畳に転がっている団扇《うちわ》を手に取ってばたばたと煽《あお》ぐ。

矢作がむっくりと起きた。

「どうした、親父殿」

「どうしたではない。お主こそ結構なご身分だな」

「小言《こごと》か。よしてくれ。こう暑くちゃな、時に休まぬことには、やっておれんよ。おまけに、亀屋の一件で読売に叩かれまくって奉行所でも番屋でも居辛《いづら》いったらないぜ」

「おまえでも、評判を気にするのか」

源之助がおかしそうに笑うと、

「で、何しに来たんだ。まさか、小言を言いに来たわけじゃあるまい」

矢作は団扇で扇ぎながら問い返してきた。

「亀屋の一件だがな、とんだ裏があった」

真の下手人は彦六である可能性が高いことを語った。さすがに矢作も冷水を浴びせられたようにしゃきっとなった。

「なんてこった」

目を白黒とさせる。

「とにかく、彦六を追わなければならない」

「よし、すぐに手配する。親父殿はどうする」

「わたしも放ってはいられん。彦六が何故このような凶行を犯したかを調べる」

「で、これからどうするのだ。彦六の行方は南町で追うぞ」

「沢村一之進について調べ直す」

源之助は沢村が仕官していた大宮藩西久保家の江戸屋敷に行こうと考えた。

「そっちは任せる。おれは全力で彦六の行方を追う。既に、江戸から出ているかもしれんがな」

「いや、あの怪我ではそう遠くへは行けまい。今からでも間に合うだろう。とにかく急いでくれ」

源之助の言葉にうなずき、矢作は大急ぎで小袖を着ると大刀を腰に差し、十手を懐に入れるや羽織を片手に階段を下りて行った。


半時後、源之助は愛宕大名小路《あたごだいみょうこうじ》にある大宮藩西久保家上屋敷にやって来た。佳乃から、郡奉行を務めていた父井上助右衛門の上役で勘定奉行を務める青沼藤三郎《あおぬまとうざぶろう》を教えられた。表門から入ることは遠慮し、裏門に回って番士に素性を告げた。

潜り戸から中に入る。

案内の侍がやって来て源之助を御殿の玄関脇にある使者の間へと通された。

簡素というよりは素っ気ない座敷である。ただ、風通しがいいのがありがたかった。

程なくして、裃《かみしも》に威儀を正した西久保家勘定奉行青沼藤三郎がやって来た。譜代名門の大名家の上士、勘定奉行の要職にある者である。源之助は礼を尽くし挨拶をした。

青沼は思ったよりも若かった。三十半ばといったところか、月代《さかやき》が青々と照り、太い眉に意志の強そうな大きな目、いかにも仕事が出来そうだ。

「佳乃殿の紹介ということですが、町方の同心殿が当家に何用ですかな」

青沼は言葉遣いこそ丁寧だが、警戒感に満ち溢れていた。

「本日参りましたのは、佳乃殿の夫、いや、夫であった沢村一之進殿についてお訊きしたいのでござります」

源之助は言った。

「沢村一之進、当家の郡方を務めておった沢村でありますな。江戸市中で騒ぎを起こしたとか」

「さようにござります」

源之助はうなずく。

二

「沢村は町方の厄介になるようなことを仕出かしました。そうでありましても、当家には関わりなき者ですが、読売が面白おかしく書き立てたため、当家にも傷がつきました。まこと、迷惑千万な男」

青沼は薄い唇をへの字にした。

源之助は亀屋での出来事をかいつまんで話した。青沼は当惑の表情を浮かべ、

「詳しい事情は存じませなんだが、沢村は逃げた女房会いたさに一膳飯屋に立て籠もった挙句《あげく》、亭主夫婦を道連れに彦六とか申す行商人に殺されたとは、まこと西久保家の面汚《つらよご》し。当家を離れてよかったというのが率直な気持ちですな」

青沼は突き放した物言いだ。

「わたしは彦六が何故沢村殿を殺したのか理由が知りたい。むろん、彦六は南町が追っております」

「蔵間殿、拙者を訪ねて来たということは、彦六が沢村を殺した理由、当家にあるとお考えということですな。個人的な恨みとは思われぬのですか」

「思いませぬ。個人的な恨みならば、彦六が亀屋の夫婦も殺す必要はなかったと存じます。それに、彦六は剣の腕、相当に立つものと思われます。ということは士分にある者、侍が行商人に扮しているということは恨みではなく、役目で沢村を殺したものと推論します」

「まさか、当家が放った刺客などと申されるのではないでしょうな」

青沼は失笑を漏らした。

「そこまでは考えませぬが、沢村殿についてもっと知りたくなったのです」

「と申されても、取り立てて話すことなどはありませぬ」

青沼は顎を掻いた。

「郡方を務めておられた時は、領民思いの生真面目なお方であったとか」

「確かに、役目熱心な男ではありました」

「領民のことを思い、年貢減免を嘆願し、受け入れられなくて、西久保家中においてもご領内においても身の置き場所をなくし、酒に逃げる日々であったとも佳乃殿より聞き及びました」

「年貢減免の儀は聞き届けた」

青沼の物言いは高圧的なものになった。双眸《そうぼう》が怒りを放っている。藩政を批判されたと受け止めたようだ。

「失礼ながら、領民たちの願った半分であったとか」

源之助は食い下がった。

「確かに半分であった。しかして、百姓というものは、口で訴えるほど暮らしには困ってはおらぬもの。少しでも多く年貢を払うのが嫌なのだ。その実は、隠し田や隠した米、味噌、酒、結構蓄えておる。よって、年貢の減免措置は半減で十分だった。沢村はいわば、百姓どもに踊らされたのだ。郡方の役人として何を見ておったのだとわしは言いたい。あ奴は百姓どもに甘い顔をし、それで自分が頼りにされたと己惚《うぬぼ》れていたのだ。百姓どもは沢村を与《くみ》し易いお人好しと見て、藩に自分たちの我儘《わがまま》を通させようとした。沢村は利用されたのだ。とんだ馬鹿者だ。当家にとってお荷物であったが、当家を去ったからには用はない。そのような無能の男に関わり続ける者など当家にはおらぬ」

青沼は饒舌《じょうぜつ》になった。語れば語るほど沢村への怒りをたぎらせた。

「では、沢村殿が藩命により殺される理由はないとおおせなのですな」

「決まっておる。沢村は役目をしくじり、一揆が起きる寸前にまで至った。本来なら切腹し、御家も断絶であったのを殿の格別のお慈悲をもって、沢村家は存続となったのだ。当家に何ら落ち度はなし、繰り返すが、沢村の命を奪う理由などさらさらない」

「まことございませぬか」

源之助は繰り返す。

額といわず、首筋からも汗が滴《したた》る。汗が目に染みたが、意地になって目を瞑ったり手巾《しゅきん》で拭うことはしなかった。

青沼も額に汗を滲ませている。ところが、源之助の意地を嘲笑《あざわら》うかのように、懐紙でしっかりと汗を拭いた。

その上で、

「しつこいのは八丁堀同心としては有能の証《あかし》なのかもしれぬが、当家には迷惑以外の何物でもない。江戸の町人どもの言葉を借りれば、痛くもない腹を探られたくはないということだ」

青沼は不快感を隠そうとせず、大きく顔を歪ませた。

いくら意地を張ったところで、彦六と西久保家の関わりは青沼の口からは語られそうにない。

「お引き取り願おうか」

青沼は腰を上げた。

「失礼致しました」

源之助は慇懃《いんぎん》に頭を下げて席を立った。

その頃、雨宮の診療所の奥座敷で佳乃と雨宮は向かい合っていた。

「いかがした、沢村殿のことが気になるのか」

雨宮が訊くと、

「未練ではございません」

佳乃は首を横に振った。

「未練でないとなれば、後悔か」

「わたくしは一之進殿に愛想《あいそ》を尽かして、あなたの元に飛び込みました。今もそのことを悔いておりません。ですから、一之進殿のことはよいのです。わたくしが気がかりなのは、一之進殿の巻き添えで二親《ふたおや》を亡くした坊やのことです」

「確かに気の毒ではあるな」

「わたくし……」

佳乃は目を伏せた。

「申してみよ。腹にある物を隠すことなく分かち合うと誓った仲ではないか。わたしとそなたは、共に罪深い者なのだ。いわば、この世の裏街道を歩かねばならぬ者同士。それを承知で暮らそうと誓ったのだぞ」

雨宮は微笑みかけた。

佳乃は雨宮の目を見て、

「わたくしは、女としてお役に立てぬ身です」

「身籠もることができぬと申すのなら、敢えて子を欲しいとは思わぬ」

すると佳乃は膝を進め、

「あの坊やを、定吉を引き取りたいのです」

「本気で申しておるのか」

「本気です。一之進殿が坊やの二親を殺したのではないのなら、あの子を引き取りたい。いかがでしょうか」

「一時の同情で申しておるのではなかろうな」

「そうでないとは言いきれませぬ。それに、坊やの気持ちもあることでしょう。ですから、どうなるかわかりませぬが、あなたさえ承知くだされば、わたくしは坊やを引き取りにまいります」

佳乃は強い意志を目に込めた。

「わかった。その言葉に偽りがないのなら、それでよし。但し、無理強いはならぬぞ。あくまで、子供の気持ちが第一だということを忘れてはならぬ」

雨宮は佳乃の願いを受け入れた。


佳乃は杵屋へとやって来た。裏手に回って母屋を覗く。

善右衛門が縁側で一人、詰め碁を打っていた。松がいい具合に木陰を作っているためか、善右衛門は好々爺《こうこうや》然とした表情で碁盤を見つめている。居間では定吉が本を読んでいた。

「失礼します」

佳乃は腰を折った。

善右衛門が顔を上げた。佳乃を見て小首を捻った。佳乃は素性を名乗った。善右衛門は立ち上がり、

「このたびは大変でございましたな」

ちらっと定吉を流し見た。

「本日は、お願いがあってまいりました」

佳乃が一礼すると、

「さ、どうぞ、お上がりになってください」

佳乃を縁側に上げ、居間に移った。佳乃は手土産の人形焼きを差し出す。善右衛門は定吉に分け与え、

「これ、奥でお上がり」

と、優しく声をかけた。

すると佳乃が、

「定吉ちゃんも一緒に居て欲しいのです」

善右衛門はおやっという顔をした。佳乃は定吉に向かって、

「定吉ちゃん、覚えていますか。お父さんとお母さんの飯屋で会ったでしょう」

定吉は佳乃を見返し、両目を大きく見開き恐怖に顔を引きつらせ、

「おとっつあんとおっかさんを殺した」

大きな声を上げた。

善右衛門が落ち着かせようとしながら、

「なんの用ですか。この子、やっと落ち着いたのですぞ。それなのに、悲しく酷いことを思い出させないでくだされ」

善右衛門とても怒りを隠さない。

「お怒りごもっともです。わたくしは沢村一之進の家内でござりましたゆえ。ですが、為吉さんとお君さんを殺《あや》めたのは沢村ではなかったのです」

「いくらなんでも、そのようなこと俄かには信じられません」

善右衛門は佳乃が定吉になんらかの危害を加えるのではないかと危ぶんだのか、定吉を背中に庇《かば》った。定吉は善右衛門の陰に身を潜ませ震えている。

「ならば、北町の蔵間さまにお確かめください」

「蔵間さまに」

善右衛門の顔つきが変わった。半信半疑ながら佳乃の話を聞く姿勢になった。

「蔵間さまが、沢村の仕業ではないことを突き止められたのでございます」

「では、為吉さんとお君さんを殺《あや》めたのは……」

「彦六という行商人だとか」

「行商人が何故、お二人の命を奪ったのですか」

「蔵間さまによりますと、行商人は沢村の命を狙っておったとか。為吉さんとお君さんはその巻き添えだということです」

「為吉さんとお君さんは気の毒なことですが……。蔵間さまがおっしゃるからには決していい加減な話ではござりませぬな」

善右衛門は定吉に向き直ると、佳乃のことを、両親を殺した下手人《げしゅにん》の奥さんではないと噛んで含むように説明した。定吉は怯えることを止め、改めて佳乃を見た。定吉は賢く、善右衛門の話を理解したようだ。

「定吉ちゃん、おどかしてごめんなさいね」

佳乃は頭を下げた。

定吉はつぶらな瞳で見返すばかりだ。

「お話はわかりました。そのことを伝えにわざわざお越しくださったのですか」

善右衛門が問いかけた。

「為吉さんとお君さんを殺したのが沢村ではないことをお話しした上で、お願いがあってまいったのです」

佳乃は言った。

三

「お話しを承《うけたまわ》りましょう」

善右衛門は両手を膝に置いた。

「定吉ちゃんを引き取りたいのです。引き取って、雨宮とわたくしが育てたいのです」

佳乃は単刀直入に申し出た。

「な、なんですって」

善右衛門は口をあんぐりとさせた。

「何を考えているのだと、驚かれたことでしょう。いえ、呆れられたことでしょう。それを承知でお願いしたいのです」

佳乃は本気であることを示すように両手をついた。

「手前に言われましても……。手前の一存では返事はできませんな。今、手前の倅が為吉さんとお君さんが生まれ育った下野の村に赴き、親戚を探しておるところでございます。ですから、親戚が見つかれば、定吉は親戚に預かってもらうのが筋というものです」

「おっしゃる通りです。で、ご親戚は見つかったのでしょうか」

「今のところまだです」

「こんなことを申してはなんでございますが、お百姓の暮らし向き、いえ、お百姓に限らず楽な暮らしをしておる者は希《まれ》でございます。為吉さんとお君さんがどのような事情で江戸に出て来られたのか存じませんが、きっと、その村にいられなくなったのでござりましょう」

「つまり、たとえ親戚が見つかったとしても定吉を引き取るゆとりはないと申されるのですな」

「そのように拝察致します」

「腹を割れば、実は手前もそのことを危惧しておりました。ですから、うちで引き取ろうということも考えておるのです。定吉はとても賢い子です。一日中、本を読み、様々なことに興味を示します。将来、商人としてよい働きをすることでしょう」

善右衛門の言葉に佳乃はにっこりほほ笑んだ。善右衛門は定吉に人形焼きを食べるように勧めてから、

「定吉、商人になりたいか」

と、柔らかに問いかけた。

定吉は首を横に振った。八歳の子供ながら強い意志が感じられる。

「そうか、まだ定吉には将来何になりたいかなんて、考えるのは早いかな」

定吉は人形焼きを食べる手を止めて、

「おいら、お医者になりたい」

善右衛門ははっとして佳乃に向いた。佳乃は好奇な目で定吉を見た。

「どうして、お医者になりたいのだ」

善右衛門が尋ねると、

「お医者になって、病に苦しんでいる人を助けたいんだ」

定吉はしっかりと答えた。善右衛門は佳乃を見返した。佳乃は善右衛門に向き、

「杵屋さま、今すぐとは申しません。今、定吉ちゃんが医者になりたいと言ったのは、子供ゆえの気まぐれかもしれません。ですが、うちに来てくれれば、わたくしも雨宮も責任を持って定吉ちゃんを一人前の医者に育て上げます」

佳乃ははやる気持ちを抑えて言った。

善右衛門はしばらく考えさせてくれと答えた。

「何よりも定吉の気持ちが大事ですからな」

善右衛門は言葉を添えた。

「よろしくお願い致します」

佳乃は両手をついた。

その日、九日の朝のことだった。

彦六は雨宮の診療所を出ると、その足で両国《りょうごく》へ向かった。まだ、脇腹が痛む。思わぬ深手となったが、動けないことはない。

もう一人を仕留めねばならない。

その男、今日にも江戸にやって来るはずだ。

それにしてもあの八丁堀同心、勘が働く男だった。「両御組姓名掛」などという閑職にあるということで、油断したのがいけなかった。

あの男、沢村に対する対処は堂々たるものだった。あの落ち着きようは尋常ではない胆力を感じさせる。きっと、剣も相当の腕に違いない。

斬ってみたくなった。

蔵間源之助、この後もまみえるような気がしてならない。

そして、その時は刃《やいば》を交えることになろう。

ともかく、捕まらないうちに逃げ出すことができてよかった。

彦六は神田川沿いに伸びる柳原《やなぎわら》通りを東に向かい、両国橋《りょうごくばし》を渡ると両国東広小路の雑踏に紛《まぎ》れた。川開きの日より三カ月の間、両国界隈は夜店を出すことが許され、江戸きっての盛り場となる。

夏は大川端《おおかわばた》には床見世《とこみせ》や屋台《やたい》が建ち並び、ひときわ雑多な人間が出入りする時節だ。

彦六が目指すのは回向院《えこういん》のすぐ裏手にある二階家だった。格子戸の前には打ち水がしてあり、目つきのよくない男たちが何人もたむろしている。そのうちの一人が、

「先生、遅かったですね。親分、心配してましたよ」

と、声をかけてきた。

「文蔵《ぶんぞう》、いるのか」

彦六は行商人とは打って変わった侍口調で尋ねた。男はうなずくと格子戸を開けた。

大きな土間が広がり、やくざ者たちが座っている。彦六を観るとみな一斉に立ち上がって頭を下げた。

彦六は座敷に上がる。

やがて、

「来生《きすぎ》さん、心配したぜ」

奥から初老の男が出て来た。髪は真っ白だが肌艶はよく、目に力がある。

「少しばかり、どじった」

彦六は男の前に座った。

男は萬《よろず》の文蔵、彦六は文蔵の用心棒来生菊乃丞《きくのじょう》であった。

文蔵はその二つ名の通り、顔の広さは尋常ではなく、賭場《とば》、女、抜け荷、盗品売買といった非合法なものから、大工、左官、鳶職《とび》などの斡旋、更には武家屋敷への奉公人の口利きまでも行っている。

まさしく萬の事に通じていた。

大川から東、すなわち本所《ほんじょ》や向島《むこうじま》にある大名屋敷に奉公人を斡旋し、その代わりに賭場の運営が大きな収入源であった。わけても、懇意にしているのが出身地である武蔵国大宮藩西久保家である。

「来生さんらしくもねえや」

文蔵は苦笑した。

「おれだって、時にはしくじる。まあ、捕まらなかったのだから許せ」

彦六こと来生も自嘲気味の笑みを返した。

「まあ、そりゃいいとして、もう一人やってもらわなきゃいけねえ」

「わかっている。段取りはできているのだろうな」

来生は咽喉が乾いたと不満を漏らした。文蔵は手下たちに酒を持ってくるよう言いつけたが、

「酒はやめておく。残る一人を始末してからだ」

「おっと、そうでしたね」

文蔵は酒の代わりに冷たい麦湯を運ばせた。

来生は湯呑に入った麦湯を飲み干してから、文蔵に向き直る。

「相手は郡方組頭本木《もとき》正作《しょうさく》さま」

文蔵は告げた。

「本木何某《なにがし》、沢村と同じ穴の貉《むじな》ということか」

来生の切れ長の目が細まり、歌舞伎《かぶき》の色悪さながらの凄みを漂わせた。

「余計なことをなさるお方ですよ。沢村さま同様、大宮藩の恥部をさらそうってんですからね」

「評定所《ひょうじょうしょ》に訴えるつもりか」

「そのようですぜ」

「贋《にせ》の藩札《はんさつ》を持って行くのだな」

「贋の藩札を持って、評定所に大宮藩の不正を訴えるんですからね。不忠者ですよ」

「沢村も馬鹿な考えを起こさなければ死なずにすんだものを」

「沢村さまのお内儀はどうしましたか」

「どうもしておらぬ」

来生は返事をしてから、

「文蔵、佳乃も殺せと言いたいのか」

「その方が確かじゃないかと思うんですがね」

「殺す必要はない。佳乃は沢村が何をしたかったのか、知らない。見当もつかないだろう。して、本木何某との段取りはどうなっておる」

来生は静かに確かめた。

「明日の夕刻、本木さまは亀屋に行きます」

「為吉とお君を訪ねてか。しかし、騒ぎのことは耳に入っておろう」

「入っておることでしょうな。しかし、一旦は足を向けることでしょう。そこを待ち伏せます」

文蔵は言った。

「よかろう。まこと、本木が来るかどうか、待ってみよう」

「そうこなくちゃ」

文蔵は満足そうだ。

「ひと眠りさせてもらうぞ」

来生は階段を上がった。

明くる十日の夕七つ（午後四時）、来生は神田多町の亀屋の近くを行商人に扮して待っていた。周囲を文蔵の手下たちも、行商人の格好で取り囲んでいる。

往来を行き交う者で、手配中の行商人彦六だと気付く者はいない。

果たして本木らしき旅の侍がやって来た。

来生たちを見ても不信感を抱く素振りはない。それどころか、

「すまぬ。ちとものを尋ねたい」

と、手下の一人をつかまえた。

手下が愛想よく応じる。

「この一膳飯屋、大変な騒ぎがあったということだが、主人夫婦について何か知らぬか」

「さて、ひどいことに殺されてしまいましたのでね。お侍さま、亀屋さんのことを御存じなんですか」

「以前、懇意にしておったのだがな」

本木が答えたところで、来生が前に立った。

「お侍さま、武蔵国大宮藩西久保さまの御家中でいらっしゃいますか」

「そうだが」

本木は首を捻った。

「沢村一之進さまを御存じですか」

「存じておる。その方、沢村とはどのような関わりがあるのだ」

本木の問いかけに答えることはなく、

「沢村さま、お気の毒でありましたな」

「まったくだ」

本木は応じてから再び来生が沢村とどのような関わりがあるのかを尋ねた。

来生はぼそぼそっと口の中で呟いた。

「なんだと、聞こえぬが」

本木は苛《いら》ついた。

「ですから。わたしは……」

来生は再び言ったが、本木の耳には届かない。砂塵が舞い、余計に聞き取りにくくなった。そこで来生は本木のすぐそばまで近寄った。本木が来生を見返す。

「ですから、わたしが沢村一之進を斬ったんですよ」

来生は言った。

本木は来生の言葉の意味が理解できないように一瞬、怪訝《けげん》な表情を浮かべたが、

「なんだと」

驚愕の表情に染まった。

「おまえも斬る」

来生は本木の大刀を抜くや、一歩下がり、下がり様に袈裟懸けに振り下ろした。

血飛沫《ちしぶき》が舞い上がったが、来生は巧みに避け、一滴の血も浴びない。

本木の身体が地べたに倒れた。

文蔵の手下たちは息を呑んで立ち尽くした。

「さて、少しばかり息抜きをするか」

来生は大刀を往来に放り出した。

「先生、親分のお宅に戻ってくださいよ」

「いや、一人になりたい。一人、気儘にこの界隈を散策する。文蔵にはそう伝えてくれ」

来生は歩きだした。

脇腹が痛む。

傷口は縫い合わされているし、開いたりはしていないが、袈裟懸けに斬り下ろした

際に負荷がかかったようだ。

「ま、これもいいか」

傷の痛さを堪え夕暮れの町を歩いて行った。

その頃、

「定吉、こっちへ来いよ」

庭で善太郎は大きな盥《たらい》に水を入れた。夕陽を見ながら、

「気持ちいいぞ」

行水《ぎょうずい》を勧めた。

定吉は縁側に着物を脱ぐと、庭に下り立った。次いで、盥に足を入れる。

「冷たい」

水に浸した足を一旦は引っ込めたが、再び右足を入れると水に慣れるようにゆっくりと左の足も入れ満面の笑顔で座り込んだ。すると、気持ち良さそうにはしゃぎだした。

善太郎はへちまで定吉の背中をこすった。定吉は両手でぱしゃぱしゃと水を叩いた。定吉の嬌声《きょうせい》と水の跳ねる音が夕暮れの庭に響く。

縁側で源之助と善右衛門は碁を打ちながら見ていた。

「こうして見ていると、歳の離れた兄弟ですな」

源之助の言葉を受け、

「定吉も善太郎になついておりますが、善太郎も弟のようにかわいがっております。善太郎は兄弟のいない一人っ子で育ってきましたからな。ずっと、兄弟が欲しいと思っていたのでしょう」

善右衛門は言った。

源之助がうなずくと善右衛門が、

「亀屋さんの一件、沢村さまの仕業ではなかったのですな」

「怪我を負った行商人彦六の仕業で間違いないと存じます。今、南町の矢作が彦六の行方を追っています」

「たとえ沢村さまの仕業ではなかったとしましても、為吉さんとお君さんは巻き添えを食って亡くなったことに変わりございませんな。定吉がつくづく不憫《ふびん》です」

善右衛門は思案するように碁盤に視線を落とした。しかし、すぐに顔を上げる。いかにも集中できないようだ。

「少し休みますか」

源之助が気遣うと善右衛門は軽く頭を下げてから、

「実は、昨日の昼間に雨宮先生のお内儀さまがいらしたのです」

「佳乃殿が……」

源之助の関心も碁から佳乃に移った。

「佳乃さま、定吉を引き取りたいとおっしゃったのです」

善右衛門は佳乃の来訪を語った。

「佳乃殿が定吉を育てると」

「定吉はお医者になりたいと申しまして、雨宮先生ならば、お医者になるのはまたとないのですがな」

善右衛門はため息を吐き視線を庭に転じた。

「善太郎ですか」

善太郎にはまだこの話はしていないそうだ。善太郎が聞けば承知するまい。きっと、定吉との別れを拒むことだろう。

そのことを裏付けるかのような、定吉の可愛がりようである。

「よし、いいぞ」

善太郎は定吉の身体を手拭で拭き、糊《のり》付けのされた浴衣《ゆかた》を着せた。夜の帳《とばり》が下りてきた。

「線香花火をしようか」

善太郎が誘うと、

「やる」

定吉はうれしそうな声で返事をする。善右衛門が、

「善太郎、ちょっと話があるんだがね」

「商いの話かい」

「そうじゃないんだ」

「なんだい」

善太郎は定吉と線香花火をやることを邪魔されていかにも迷惑そうだ。

それでも、

「ちょっとな」

善右衛門の話し辛そうな態度を見て大事な用件だと察したのだろう。

「定吉、台所に行っておいで。西瓜《すいか》が切ってあるから食べな。お兄ちゃんの分も食べちゃいけないぞ」

善太郎は定吉の頭を撫でた。定吉はうなずくと台所に向かって歩いて行った。

善太郎は縁側に上がって、善右衛門と源之助の間に座った。善右衛門が、

「為吉さんとお君さんが出た村で、親戚の方からの名乗りはあったのかい」

「いや、まだだよ」

善太郎は首を横に振った。次いで、

「多分、名乗る親戚は出てこないと思う。行ってみればわかるけど、貧しいもの。とても、育ち盛りの子供を引き取るゆとりのある家があるとは思えないさ」

村の貧しさを強調することで、善太郎は定吉を杵屋に引き取ることを正当化するつもりなのかもしれない。善右衛門は遠回しな物言いはよくないと思ったのか背筋をぴんと伸ばした。

「実はね、昨日、雨宮先生のお内儀さまがやっていらした」

「そういやあ、亀屋さんの一件、沢村さまってお方の仕業じゃなかったんですね」

善太郎は源之助を見た。源之助は黙って首肯した。

「お内儀さま、定吉を引き取って育てたいとおっしゃるんだ」

善右衛門は言った。

「そんな、そりゃ駄目だよ」

善太郎は大きく首を横に振った。

「どうして駄目なんだ」

善右衛門は冷静に訊く。

「だって、佳乃さまの御主人は沢村さまだったんでしょう。いくら、沢村さまが下手人ではなかったといっても、沢村さまが亀屋に行かなかったら、為吉さんもお君さんも亡くならずにすんだんだ。沢村さまと因縁あるお人の家で定吉を暮らさせるなんて酷いよ」

「だから、そのことを佳乃さまは責任を感じられてご自分のところで育てるということなんだ」

「勝手な言い分だ」

善太郎は承知しない。

「おまえ、定吉がうちにいることが幸せだと思っているのか」

「思っているさ」

「定吉を将来、杵屋の手代や番頭にするのか」

「そうだよ。定吉は賢いんだ。読み書きはできるし、算盤《そろばん》だってじきにできるようになる。あたしの弟として杵屋を盛り立ててくれるよ」

「定吉はそれを望むかね。商人になることを。おまえの無理強《じ》いじゃないのかい」

「おとっつあん、定吉が大工とか料理人になりたいって言ったのかい。それならそれで構わないよ。この家から通わせればいいんだ。しっかりした親方のところで修業させればいいさ」

善太郎は定吉と離れることを強く拒んだ。

四

「なら、定吉が望む道に行くことには反対しないんだね」

善右衛門は善太郎の頑《かたく》なな気持ちを解《ほぐ》すように問いかけた。

「そ、そうだけど」

善太郎は不安に駆られたようだ。

「定吉はな、お医者になりたいそうだ。いや、まだ子供だから、ただなんとなくお医者に憧れているのかもしれないよ。でもね、定吉は本当に学問が好きなんだ。医者はともかく、学問をしたいと願っているんなら、うちよりは雨宮先生の所の方がいいと思うんだがね」

善右衛門は諭《さと》すような物言いをした。

善太郎はむっつりと押し黙ってしまった。

そこへ、

「お兄ちゃん、西瓜だよ」

定吉が西瓜を盆に乗せて戻って来た。西瓜の切り身が四つ乗っている。源之助と善右衛門の分まで持って来てくれたようだ。

「定吉、ありがとうな」

善太郎は笑顔でお盆を受け取ると源之助と善右衛門にも勧めた。善太郎は定吉と一緒に庭で西瓜を食べ始めた。二人を見ながら、

「蔵間さまは、いかが思われますか」

善右衛門は不安げに問いかけてきた。

「結局のところ、定吉の気持ち次第ということになりましょうが、それにしても八つで己が人生を決めねばならないとは気の毒ですな。少し考える時を持たせた方がよいと存じます」

「そうですな」

善右衛門は定吉に視線を移した。

善太郎と定吉は仲良く西瓜を食べている。源之助も二人の仲を引き裂くのは酷《こく》な気

にもなった。

源之助は杵屋を出ると、近くの茶店で矢作と会った。矢作はまだ彦六の足取りは摑んでいないということだ。

「西久保さまのお屋敷に行って来たのだがな、まったく取りつく島もなかった」

源之助は苦笑を漏らした。

「お大名とは体面ばかりを気にするもんだからな」

矢作も鼻で笑った。

「手がかりはなしか」

「そうなんだが」

矢作は懐中に右手を入れた。それからごそごそとやっていたが、

「これだ」

と、紙きれの束を差し出した。いずれも血まみれである。源之助はそれを取り上げてしげしげと眺める。

藩札であった。

大宮藩西久保家が発行したものだ。

「沢村の着物に入っていた」

　矢作は言った。

　藩札は二両分だそうだ。

　藩札はその名の通り発行する藩の領内でしか通用しない。もちろん、江戸でも流通していない。沢村にすれば、手元に金がなかったのだろう。なけなしの藩札を持って来たのかもしれない。

「沢村は元の女房と会ってどうするつもりだったのだろうな」

　矢作の疑問に、

「佳乃殿を殺し自分も死ぬつもりだったんじゃないか」

　源之助が答えると、

「そうだろうか。ひょっとして、一緒にどこかへ旅に出るつもりだったのではないかな。いや、どこかへではなく大宮藩の領内に戻るつもりだったのかもしれない。だから、藩札を持って来たのかもしれんぞ」

「沢村がそうだったとしても、佳乃殿が沢村について行くとは思えぬ」

「女ってのは、さばさばしているからな。どっちかというと男の方が未練たらたらなものだ」

「なんだ、おまえ、そんな経験があるのか」

源之助がからかうと、

「よしてくれ」

矢作は言下《げんか》に否定した。

「そういえば、おまえ、いい加減に女房をもらえ」

「こりゃ、とんだ藪蛇《やぶへび》になったもんだ」

矢作はぺたりと自分の頭を叩いた。


その頃、源太郎は手札を与えている岡っ引京次《きょうじ》と共に町廻りをしていた。歌舞伎《かぶき》の京次という二つ名が示すように元は中村座《なかむらざ》で役者修業をしていたが、性質《たち》の悪い客と喧嘩沙汰を起こし、役者をやめた。源太郎の父源之助が取り調べに当たった。口達者で人当たりがよく、肝《きも》も据《す》わっている京次を気に入り岡っ引修業をさせ、今では、「歌舞伎の親分」と慕われ、一角《ひとかど》の十手持ちとなっている。

一日を終え、京次の家に寄った。京次の女房お峰《みね》が稽古を終えて、冷たい麦湯を用意してくれた。

「亀屋の騒動、大変でしたね」

お峰が言った。

「わたしは、野次馬のようにその場にいただけだが、父と兄は対応した」

「それにしても、亀屋のご夫婦、お気の毒でしたわよね」

お峰は為吉、お君夫婦への同情を深めた。

「あの夫婦に子供がいたでしょう」

「杵屋の善太郎が引き取ったぞ。善太郎は夫婦の出身の村に親戚を探しに行っているんだ」

「善太郎さんも人が好《よ》いところがあるからな」

京次が善太郎らしいと感心した。

「定吉、善太郎のような男がいて不幸中の幸いだな」

源太郎が言ったところで、

「すみません」

と、格子戸が開けられた。お峰が立ち上がり、

「もう、稽古は終わったんですよ」

「そうじゃないんですよ。こちら京次親分さんのお宅ですよね」

男の声は震えている。ただならぬものがあり、

「どうした」

京次が玄関に行くと、

「人が殺されてます」

店者《たなもの》風の男が立っていた。

源太郎と京次は顔を見合わせたがすぐに玄関を下りた。二人は表に出た。男の案内で往来を行く。

おや、と、源太郎は思った。

亀屋の方へと向かっているのだ。偶然なのだろうが、果たして亀屋の前で人が群れ

ていた。嫌でも亀屋の惨劇が思い出される。

「退いた、退いた」

京次が声を張り上げる。野次馬たちが道を開けた。

男が倒れている。

胸元から血が流れ、両目をかっと見開いていた。羽織に袴、武士である。武士が左

の肩口から右脇腹にかけて袈裟懸けに斬られていた。

源太郎と京次は両手を合わせた。

それから、

「いずこかの大名家の家中《かちゅう》ですかね」

京次が言った。

「そのようだな」

源太郎は着物の中を探った。財布が出てきた。

「物盗り目的ではないということか」

源太郎は呟いた。

京次が受け取り、財布の中を確かめる。

「これ、藩札ですね」

京次は一枚の藩札を取り出した。

「大宮藩西久保家だな」

源太郎は藩札を受け取った。

「早速、西久保さまのお屋敷に使いを走らせます」

京次は町役人《ちょうやくにん》たちを呼んで亡骸を自身番にまで運ぶ手配と大宮藩上屋敷に使いを出した。

それから一時《いっとき》後、大宮藩上屋敷より、用人生田弥五郎《いくたやごろう》が駆けつけてきた。生田は筵《むしろ》を被せられた亡骸の脇に立った。京次が合掌をしてからゆっくりと捲り上げた。

一瞥《いちべつ》しただけで、

「本木でござる。本木正作、当家の郡方の役人でござる」

生田は言った。

源太郎は悔やみの言葉を述べ立てた。

次いで、旅装であることから、江戸から国元に帰って行くのか国元から江戸に出府してきたのかを問うた。

「国元からやって来たところですな。今日、到着予定であると聞いておりました。下手人は捕まりましたか」

「まだです。ですが、物盗りではないとしましたら、恨みということが考えられます。あるいは、他の理由、御家中での争いということもあり得ますな」

源太郎が返すと、

「待たれよ」

生田は野太い声で遮った。それから、

「家中の不祥事は家中にて始末致します。したがいまして、本木殺し、わが家中で探索をしたいと存じます」

「ですが、西久保さまの御家中に下手人がおるとは限りません。本木殿は斬殺されております。しかも、相手は相当な腕であると思われます。御家中の方以外にも侍は数多《あまた》おります。市中にて、何らかのいさかいの末に斬られたということも考えられます」

源太郎は主張した。

「それはそうだが」

「もちろん、御家中のこと、表沙汰にはしません」

すると京次も

「江戸は広いですし、雑多な人間がおりますので、ここはあっしらにお任せください」

生田は考える風に腕を組んだ。

「そういえば、先ごろ起きた一膳飯屋での騒ぎで命を落とされた侍も西久保さまの御家中であられましたな」

源太郎が思い出したように言うと、

「あの者は当家より離れた者でござる」

生田はいかにも関わりを避けたそうであった。

「ともかく、下手人探索は我らにお任せくだされ」

源太郎は念押しした。

「いや、それは待っていただきたい」

生田は丁寧な物言いながら源太郎の申し出を受け入れることなく、本木の亡骸を引き取る準備を行った。

夜の帳が下り、夜空を花火が彩《いろど》っているものの、風が吹かず、じっとりとした暑さが残っている。源太郎も京次も身体中が汗でべとついていた。

五

翌十一日、源之助は北町奉行所に出仕した。

居眠り番に出向く。

居眠り番は閑職ゆえ奉行所の建屋内にはなく、築地塀《ついじべい》に沿って建ち並ぶ土蔵の一つにある。

土蔵ゆえ、熱気が籠もること甚《はなは》だしい。四方に並ぶ書棚に収納された名簿を取るのも億劫《おっくう》だ。天窓を開け、引き戸も開けた。できるだけ風通しをよくしているものの今日も朝から暑い。蟬時雨《せみしぐれ》がうるさくて仕方がない。

羽織を脱ぎ、団扇を使っていると、

「御免」

という声が聞こえた。

戸口に羽織、袴の武士の姿がある。

「こちら、蔵間源之助殿でいらっしゃいますな」

「いかにも」

源之助は正座をした。

次いで、入られよと招く。武士は堅苦しい所作で入って来た。

「拙者、直参大河原左近将監《おおがわらさこんしょうげん》さま用人小日向伝兵衛《こひなたでんべえ》と申します」

小日向はいかにも実直、誠実そうな男であった。大河原左近将監は直参旗本二千五百石と大身の身ながら小普請組《こぶしんぐみ》、すなわち非役である。

「蔵間殿を見込んで、御前さまは是非とも頼みたいことがあるのです」

小日向は深々と頭を下げた。

直参旗本は家禄千石以下が「殿さま」、以上になると、「御前さま」と尊称される。

「まあ、頭を上げてくだされ」

小日向は顔を上げはしたものの、源之助と視線が合うといかつい顔を恐れてか、頼み事を思ってか、またしてもぺこりと頭を下げる。

「して、大河原さまの御用向は」

源之助は改めて尋ねた。

小日向は、

「大河原家の領地に武蔵国足立《あだち》郡三輪田《みわた》村という村がございます。石高にしますと、千石ほどの領地でございます」

武蔵国足立郡と聞き、大宮藩と沢村一之進のことが思い出される。

「三輪田村は大宮藩西久保家のご領内とは近《ちこ》うございますか」

何気なく問いかけたのだが、

「まさしく、三輪田村は西久保家中のご領地内にあるのです」

小日向は懐から絵図面を取り出し源之助の前に広げた。

三輪田村周辺の絵図である。

小日向が扇子で指し示したように、三輪田村は大宮藩領に取り囲まれ、さながら離れ小島のようであった。

年貢の時期はもちろん、年に数度、小日向や大河原家の家人が三輪田村まで赴き、作物の出来具合や民政を見ているそうだ。

「普段は村長《むらおさ》の次郎兵衛《じろべえ》に民政を任せております」

　源之助はうなずく。

「平穏に過ごしておったのですが先月、村で殺しが起きたのです」

　小日向は身をすくめた。

　村人が一度に三人殺されたのだそうだ。みな無残にも斬殺《ざんさつ》されていた。

「狭い村ですので、村人はみな顔見知りです。これまで、殺しどころか盗みも起きておりません。精々、酔っぱらった勢いで喧嘩が起きるくらいで」

　小日向は続けた。

「斬られたということは下手人は侍でござるか」

「おそらくは侍の仕業と思われますが、侍など村にはおりません」

「では、西久保家中の者の仕業とお考えか」

「さて、それでござります。限りなく疑わしいのですが、いかんせん、それを言い立てることはできませぬ」

　一度、西久保家には問い合わせたのだそうだ。しかし、当家に関わりはないとにべもなく返されただけであったという。

「蔵間殿、お願いでござる。三輪田村に行き、殺しの探索をお引き受け願えまいか」

小日向は頭を下げた。

「それは……」

源之助は簡単には引き受けられるものではないと思った。

「まことに身勝手なお願いでござりますが何卒」

「お引き受けしたいのは山々ですが、閑職にあるとはいえ三輪田村に行くには、奉行所を留守にしなければなりません」

「その点ならば、ご懸念に及びませぬ」

小日向はかぶりを振った。いかにも好々爺《こうこうや》然とした顔を際立たせた。

「御前さまより、御奉行の了解を取り付けております」

自分の知らないところで頭越しに勝手に事を進められたことは不愉快だ。しかし、そんな不快感も小日向という人の好さげな男を前にすると雲散霧消《うんさんむしょう》した。それどころか、役目、すなわち影御用《かげごよう》に俄然闘争心が湧いてくる。

影御用、奉行所では扱わない事件を源之助は引き受ける。居眠り番に左遷されながらも、いや、閑職にあるからこそ、源之助の敏腕ぶりを頼って様々な事件が持ち込まれる。礼金は出るものの、出世には関係ない。それでも引き受けるのは、銭金が欲しいのではなく、八丁堀同心としての血が騒ぐからだ。

事件の探索を行い、悪党を懲《こ》らしめるのは何ものにも替え難い生き甲斐である。

今回の影御用に西久保家が関わっているのかどうかわからない。しかし、因縁めいたものを感じる。自分がこの殺しに関わるということに。

「そこまで根回しが進んでおるということであれば、引き受けぬわけにはまいりませぬな」

源之助が言うと、

「かたじけない」

小日向は路銀《ろぎん》だと、小判の包みを差し出した。

「五両です。むろん、事件が落着したならば、改めてしかるべく金子《きんす》をお支払い申す」

小日向は小判を包んだ袱紗《ふくさ》を差し出した。

礼金は欲しいとは思わないが、拒むこともない。それで相手の気が済めばそれでよしだ。

「承知しました」

源之助は金を受け取った。

小日向は何かごそごそとやっていたが、

「すみませぬが、ここにご署名くださらぬか」

書付を差し出した。

五両の受け取りである。源之助は文机《ふづくえ》に向かって署名をした。

「これで、よろしいかな」

源之助が渡すと小日向は恭《うやうや》しく両手で受け取り、視線を落とし、

「確かに」

答えてしげしげと眺め丁寧に折りたたんだ。意外に神経質なのかもしれない。

「出立でござりますが、明朝の明け六つ日本橋の高札場で待ち合わせるというのはいかがでござりましょう」

「承知した」

こうなったら、早い方がいい。

小日向はこくりとうなずき、

「御前さまも喜ばれると存じます」

「喜ばれるのは早いでしょう」

「いや、蔵間源之助殿がお引き受けくだされたからには事件は落着したのも同然でご

ざる」

　小日向は言うとこれで失礼しますと立ち去った。

　やれやれである。

　彦六の行方はわからないままだが、矢作に任せておけばいいだろう。


　自宅に帰る前に佳乃を訪ねることにした。

　雨宮の診療所の格子戸を開ける。佳乃が出て来てお辞儀をした。雨宮は往診中であった。診療所に上がり、佳乃が冷たい麦湯を持って来てくれた。

「彦六の行方はまだわかりません」

　源之助はまずそのことを報告した。佳乃はうなずく。

「定吉は」

　源之助は尋ねかけて口を閉ざした。

　佳乃は、

「定吉ちゃんの気持ちに任せようと思います。定吉ちゃんの気持ちを考えずにというのはわたしの身勝手だと、主人にはきつく言われております」

　と、苦笑を浮かべた。

「身勝手とは思いませぬな。佳乃殿は罪滅ぼしのおつもりであったのでしょう」

源之助は言った。

「それに、あの子はとても利発です。もし、本当に医者になりたいのなら、あの子のためにもうちで学問をさせたいのです。もちろん、定吉が望めばということですが」

佳乃の真剣さが窺える。

「お気持ちはよくわかりました。雨宮先生は生真面目なお方」

「それが雨宮の取り柄です。ただ、寡黙なところが時に誤解を生むようで、雨宮の父が大目付花岡対馬守さまの主治医であったことから、大宮藩では主人を大目付の意を組んだ隠密扱いする者もあったのです。おかど違いも甚《はなは》だしいのですが」

確かに雨宮の父順斎は大目付花岡と懇意なため、名医ながら大名の典医にはなれなかった。父の盛名ゆえ、雨宮は善意で大宮藩領内に赴きながらあらぬ勘ぐりを受けたということだ。

「ひょっとして、沢村殿もそのように考えておられたのではござりませぬか」

源之助の問いかけを、佳乃は考え込んだ。

その時、源之助の脳裏に閃《ひらめ》くものがあった。

「もしかして、佳乃殿に用があったのではなく、雨宮殿に用があったのでは……」

「まさか、いえ、ひょっとしてそうかもしれません」

佳乃もその可能性を思ったようだ。

「沢村殿、佳乃殿を通じて雨宮殿に頼みたいことがあったのではございませぬか」

「わかりません」

佳乃は判断が付かないようだ。

第三章　夏草の宴

一

明くる十二日、源之助は小日向伝兵衛と共に日本橋を出て、一路三輪田村へと向かった。中山道《なかせんどう》を行き、板橋《いたばし》宿、蕨《わらび》宿、浦和《うらわ》宿と旅を続け、大宮宿に着いたのは昼九つ半（午後一時）で、昼餉を食した。

大宮宿を西に向かい昼八つ半（午後三時）三輪田村に着いた。

「まこと、長閑《のどか》な村ですな」

源之助の第一声は村の平穏ぶりをたたえるものだった。燦燦《さんさん》と降り注ぐ陽光の下、田圃が果てしもない敷き物のように続いている。畦道《あぜみち》には紋白蝶《もんしろちょう》が舞い、夏草の香が鼻腔をくすぐった。青空には入道雲が光り、蝉の鳴き声がかまびすしい。緑が目に染《し》み、流れる汗にも清々《すがすが》しさを感じる。

ふと、隠居したらこんな村に住みたいと思った。

久恵と一緒に田を耕し、青物を育て、囲碁を打つ。時が過ぎゆくに身を任せ、気を高ぶらせることもなく、血を滾《たぎ》らせることもなく余生を送る。四季の花々を愛《め》で朝な夕な日輪と大地の恵みに感謝する。

久恵も喜ぶだろう。

八丁堀同心の家に産まれ、八丁堀同心の妻となり、家を守ることが定めだと何の疑念も持たずに夫と子供のために生きてきた。

そんな久恵が誰のためにでもなく、この世の恵みを心底味わうことができる。

隠居後、このような長閑な田園風景が広がる村で暮らそうと持ちかけてみようか。

――いや――

久恵は嫌がるのではないか。

根拠はないが、そんな気がしてならない。

自分とても、十日と経たずにのんびりとした暮らしに飽き、江戸の市井《しせい》が恋しくなるだろう。雑多な人間が行き交い、厄介事が持ち込まれる気忙《きぜわ》しい日々を望むことになろう。そんな夫を支えるのが自分の暮らしだと久恵は思うに違いない。

第一、源之助も久恵も野良仕事などやったことはない。歳老いてから見よう見まねで出来るほど百姓仕事は甘くはないだろう。

やはり自分は生涯を八丁堀同心として江戸に骨を埋める。

隠居などするものか。

平穏な村の様子に余計なことを考えたと自分を責め、改めて村人たちの様子に注意を向ける。

違和感がする。

源之助と小日向を避けるようだ。道を譲るという程度ではなく、目の前に熊でも現れたように怯《おび》えているのだ。

侍を恐れている。

殺しがこの村に暗い影を落としているのは間違いない。小日向も感じたようで、

「一日も早く、下手人を挙げないことには村の者たちは安心して眠ることができません」

まさしくその通りだろう。

下手人を挙げることを請《う》け負った責任をひしひし感じたところで、

「あそこです」

小日向は雑木林の向こうにある屋敷を指差した。そこが、大河原家の陣屋ということだ。陣屋と教えられなければ通り過ぎてしまうような、せいぜいが庄屋の住まいとしか見えない。

早足となって陣屋に着いた。

生垣に囲まれた敷地は五百坪ほどであろうか。藁葺《わらぶき》屋根の母屋に板葺き屋根の小屋が二つ、土蔵が二つある。

母屋の前には畑があり、鶏が放し飼いにされていた。

すると、

「元は庄屋の家であったのですよ。五年前に譲られましてな」

小日向から説明を受け、源之助は納得したようにうなずいた。

木戸門から入ると、

「おいでなさりませ」

一人の若者が挨拶をした。手代の杉蔵《すぎぞう》だと小日向が紹介した。杉蔵はすぐにすすぎを持ってきますと言った。

「湯でない方がいいな。汲みたての水でよい」

小日向に同意を求められ源之助もうなずく。二人は庭を横切り母屋に入った。土間が広がっている。羽織、草鞋を脱いで手巾で額や首筋の汗を拭う。杉蔵が盥に水を汲んできた。足を浸すとひんやりとした感触が心地良く、ありがたい。行水でもしたいところだが、さすがにそういうわけにはいかない。

土間を上がると板の間になっていた。炉《ろ》が切ってある。炉辺に座ると、杉蔵が冷たい麦湯を持って来た。

「江戸からわざわざ、お越しくださりまことにありがとうございます」

杉蔵はいかにも小才が利くようだ。

「蔵間殿はな、北町きっての腕利き同心だ」

小日向に言われ謙遜しようかと思ったが、杉蔵が満面に笑みを広げ、

「村の者も蔵間さまに大いなる期待を寄せております」

杉蔵は村長である次郎兵衛の次男ということだ。村の隅々まで知っていることから、陣屋の手代には打ってつけだ。

ひとしきり挨拶をしてから杉蔵は風呂敷包みを持って来た。解くと帳面が積んである。村人たちの人別帳の他に田の面積や家族構成が記してあった。加えて大きな絵図面もあり、杉蔵は広げた。

三輪田村の絵図だ。

陣屋は村の真ん中に位置し、東西南北に地蔵の絵が描いてある。それが大宮藩領との境の目安となっているそうだ。

主な寺や神社が描かれ、村長や庄屋の家も一目瞭然だ。村の鎮守である三輪田大神を祀《まつ》る三輪田神社が最大の寺社であった。夏と秋に大祭があり、大層賑わうそうだ。秋の収穫祭には大河原左近将監も訪れ祭りを楽しみ、村人たちと交わる。夏祭りは更に盛大で多くの店が建ち並び、大道芸人が集まって大宮藩の藩士たちもやって来るそうだ。

そして、×印が三つあるのは殺された亡骸が見つかったところだ。三輪田神社の鳥居前である。

「それから、これです」

杉蔵は殺された三人の検視報告書を持って来た。村で一人の医者宝田聖賢《たからだせいけん》が検死をしたのだとか。

三人は揃って肩先から袈裟懸けに斬下げられていた。この村に侍はいない。年に数度小日向たち大河原家の家来が来るだけだ。

夏祭りには大宮藩西久保家の侍が訪れることを除けばだが。そのことが頭にあるのだろう。

「村の者は西久保さまのご家来衆の仕業でねえかと思っております」

杉蔵が言うと小日向は目くじらを立て、軽々《かるがる》しくそんなことを言うものではないと諫めた。杉蔵はすみませんと謝りながらも得心がいかないようで、

「ですが、他に考えようがありません」

源之助も無視はできず、

「これまでにも西久保家と村の間にいさかいはあったのか」

「十年以上前に水を巡って争いがありました」

杉蔵の答えを小日向が引き取って、

「きちんと水利の区域を話し合いましてな、落着しております」

話し合いで決着はついたのだそうだ。大宮藩と西の境を成す入間川《いるまがわ》の他に、南北に貫く水路を東の境にすべく西久保家の負担で造成した。地蔵で区域を区切って水利権を明確にしたそうだ。

その後、水利権に関しては西久保家も大河原家も争うことがなくなり、両家の関係は良好である。それどころか、大宮城下に三輪田村の村人が青物を売りに行くようになったとか。

また、水利権の争い以前も、村の若者は大宮城下には遊びに行っていたという。娯

楽の少ない村からすれば、大宮城下は格好の遊び場で、大宮藩も大宮宿という中山道の宿場が近いことから、旅人の行き来に慣れており、城下に落とされる銭、金をおろそかにはできないと、取締りは緩い。三輪田村の村人が遊びに来ても咎めるようなことはない。

殺された三人は揃って若者、大宮城下に頻繁に出入りしていた。当初は青物を売りに行っていたそうだが、酒場に出入りするようになり、更には賭場で遊ぶようにもなったという。

杉蔵が、

「殺された三人は西久保さまの藩札を大量に持っておりました」

藩札は大名が発行する紙幣で、領地内での物の売り買いに使われる。

「いかほどだ」

「金にしまして一人は十両、あとの二人は五両、四両分でごぜえます」

三人がそれほどの藩札を持っていたとは、やはり、殺された原因は大宮城下にあるのではないか。すなわち、下手人は西久保家の家臣だ。

一度に三人の村人を殺すなど、よほどの大事が出来《しゅったい》したのだろう。

もっとも、村人殺しが西久保家中の者の仕業としたらということだが。

「殺された村人たちは西久保家中の方々と何かいさかいでもあったのか」

「あったかもしれません。頻繁に大宮城下に出入りしていましたので」

杉蔵の物言いは奥歯に物が挟まったようで、何か隠しているようだ。おそらくは、西久保家との間に不穏な種があったのだろう。ところが、それを明らかにできないのは西久保家が譜代名門で、藩主西久保越中守盛義が念願の寺社奉行にでもなったら老中への道が開かれ、大河原家としては逆らえぬからだろう。

ひょっとして、小日向は下手人を西久保家と見定め、大河原家が西久保家に敵対せぬよう事を収めるために源之助に影御用を依頼したのかもしれない。

人の良さそうな表面の裏に姑息《こそく》な裏の顔を持つ人間を源之助は多く見てきた。決め付けはよくないが、利用される覚悟を決めねばならない。

「城下に出入りしておったということは、酒場とか賭場で揉めるというのはわかる。しかし、西久保家中の侍から殺されるような遺恨を買うとは思えぬが」

源之助は疑問を投げかけたが、杉蔵も首を捻るばかりだ。小日向も口をつぐんだ。

「西久保家には問い合わせをしたとは伺いましたが、一度だけですか」

小日向に向く。

「まあ、それは……」

小日向は歯切れが悪い。

「御前よりも、西久保さまに問い合わせたのです。それが、当家にはそのような不埒《ふらち》者《もの》はいないという通り一遍の答えが返されただけでございましてな、まこと、舐《な》められたものでございます」

小日向は悔しげに顔を歪めた。

大河原家で解決できれば、源之助を頼ることはないのだろう。

それならそれでいい。

いや、むしろその方が心躍る。

村人を殺した下手人が大宮藩の藩士とは決め付けられないが、沢村一之進や為吉、お君の無念、三人を殺した彦六が大宮藩の隠密と疑われることから大宮藩相手に暴れたくなった。大河原家の依頼を天佑《てんゆう》と思い、西久保家と喧嘩してやろうか。

年甲斐もなく、血気盛んな自分が恥ずかしくなった。これでは、のんびり余生を田舎で送ることなどできようはずもない。

それでよし。

強大な相手であればあるほど燃える。

そうでなければ蔵間源之助ではない、と自分に言い聞かせた。

「わかりました。それでは、改めてわたしが当たってみましょう」

源之助は請け負った。

小日向は頼もしげに源之助を見る。

「ならば、まいりますかな」

源之助は腰を浮かした。

「あ、いや、今日はゆるりとなされば」

小日向は気遣ったが、

「善は急げ。大宮城下までは遠いのですかな」

「いや、半里ほどですが」

「ならば半時ほどだ。夕刻前には着きますな。ご案内くだされ」

「わかりました。まいりましょう」

小日向も源之助のやる気を削ぐことを慮《おもんぱか》ってか立ち上がった。

夕七つ（午後四時）、大宮城下に入った。

大宮藩西久保家の城下町は、質実剛健の気風を漂わせている。それを物語るのが、やたらと目につく道場だ。街角のあちらこちらから竹刀《しない》を打ち合う音、侍たちの気合いの声が聞こえてくる。遊興の場が見られないのは意外だが、寺社奉行昇進を狙う藩主の手前、表立ってはないのかもしれない。

昨秋の大嵐で倒壊した建物が再建されている槌音《つちおと》が響いていた。小日向によると、城の築地塀の一部が破損したそうだ。城の修繕は最優先で成された。町のあちらこちらに天災の傷跡が残っていることが、嵐の凄まじさを物語っていた。

賭場、女郎屋といった悪所《あくしょ》、決していいとは思わないが必要悪だと源之助は思っている。もし、それら悪所が目にはつかないとしたら、きっと役人の目に届かない所に潜り、かえってあくどい商いが行われるだけだ。

表向き清潔な町ほど裏に回れば汚れきっているものである。

「殺しの一件ではどなたに問い合わせたのですか」

源之助が問いかけると、

「郡奉行殿でござる」

佳乃の父井上助右衛門が辞してからは、勘定奉行の青沼藤三郎が兼務しているそうだ。青沼は江戸と大宮を行き来しているという。

「ならば、本日は国家老殿に会いましょうぞ」

源之助が持ちかけると、

「ご冗談でございましょう」

小日向は及び腰となった。

「冗談ではござらん。一番の責任者に掛け合うのは当然至極のことと存ずる。さすがに西久保越中守さまをお訪ねすることは憚られますから、せめて国家老相手に談判に及びましょうぞ」

源之助は当然のように言うと、城に向かって歩き始めた。旅の恥はかき捨てというお気楽な気持ちではないが、譜代名門西久保家と喧嘩してやると、気が大きくなっているのは確かだ。

三輪田村の村人殺しに加えて大宮藩西久保家となると、どうしても避けて通ることができないのが沢村一之進のことである。江戸藩邸で勘定奉行青沼藤三郎からは西久保家とはなんら関わりないと紋切り口調で返されたが、亀屋の一件も合わせて調べたいところである。もちろん、小日向には亀屋の一件は言っていない。

「さすがは蔵間殿、肝の据わり方が違いますな」

小日向のおだてには乗らず、

「ならばまいりましょうぞ」

源之助が大手を振って歩くと、その後からまるで従者のように小日向はついてきた。

やがて大宮城が見えてきた。

周囲を堀が巡り、天守閣はないものの、壮麗な姿である。堀は満々と水をたたえ、藻はまったく生えていない。水面が夕陽に輝き、水鳥が羽を休めていた。修繕されたせいか真新しい築地塀の白壁が茜《あかね》に染まっている。

城門を守る番士が厳しい目を向けてくる。番士に向かって、

「拙者、江戸からまいった北町奉行所の蔵間源之助と申す。御当家勘定奉行青沼藤三郎殿の紹介で国家老大野掃部助さまにお会いしたい」

と、堂々と胸を張った。

後ろで小日向が俯《うつむ》いている。

青沼の紹介などないのだが、これくらいのはったりをかまさなければ家老になど会えはしない。番士は顔を見合わせ、逡巡《しゅんじゅん》した。

「事は急を要する。御家老さまにお取次ぎをくだされ。でないと、貴殿らしくじるぞ」

源之助はあくまで強気に出た。

番士は首をすくめていたが、やがて一人が城内に入って行った。

「暑い、ちと、番小屋で一休みしたいのだが」

こうした時は臆してはならない。図々しく出るに限る。番士は気圧《けお》されたように城門脇に設けられた番小屋に案内してくれた。西陽が辛かっただけに、人心地がついた。

小日向もほっとしている。

やがて侍がやって来て、

「どうぞ、こちらへ」

と、案内された。

二

源之助と小日向は侍の案内で城内を歩く。二の丸を過ぎ、堀を隔てた本丸に入った。天守閣はなくとも豪壮華麗な御殿がある。

二人は御殿に向かい、玄関に入ると客間へと通された。茜差す濡れ縁を進み、十畳敷の座敷へと入った。

「さすがは蔵間殿、家老と会う段取りをつけるとはお見事ですな」

小日向はひとしきり感心してから、

「蔵間殿が勘定奉行の青沼藤三郎殿と懇意にしておられるとは知りませんでした」

「一度、会っただけです。しかも、わずかな時に過ぎませぬ。青沼殿、わたしの顔も名前も覚えているかどうか……」

源之助は悪びれずに返した。

「そ、そんな。まことですか」

小日向は口を半開きにした。

「ともかく城内に入り、御家老さまと会うことができるのです。気にすることはござらん」

「しかし、青沼殿の名を勝手に使ったことになりましょう」

「さよう」

源之助は涼しい顔だ。

小日向は呆れたように口をつぐんだ。

すると、濡れ縁を足音が近づいて来た。源之助も小日向も緊張を帯びた顔つきとなった。

「御免」

と、入って来たのは家老らしき男ではなく、なんと青沼藤三郎だった。

これにはさすがに源之助もばつが悪そうな顔をした。

「蔵間殿、また、お会いしましたな」

　青沼は剣呑な目をして源之助の前に座った。

　源之助は口を閉ざした。小日向はうなだれた。言葉にこそ出さないが、「言わないことではない」と源之助を責めていることだろう。

「蔵間殿、拙者がいつそなたを御家老に紹介したのだ」

　当然のこと青沼は厳しい眼差しである。

「青沼殿の名を使ったのは詫びます」

　源之助は頭を下げた。

「そんなことより、わけを申されよ」

　青沼は苛立ちを示した。

　青沼の怒りをそらすように源之助はあくびを漏らす。

　加えて、

「今朝早かったものですからな」

　人を食った物言いをした。肚《はら》を決めると怖くはない。いくら譜代名門大名家の勘定奉行だろうが、三十半ばの若造なんぞに気圧されてなるものか。人間、歳を取れば丸くなるというが、そんなことはない、いや、源之助に限っては丸くなるなど死語だ。歳を重ねるに従い、身体中に精気が宿り、強い者を相手にするほど闘志が湧いて仕方がない。

「三輪田村を御存じですな」

あくび交じりに問いかけたが目は鋭く青沼を見据えた。

「むろん存じておる。直参大河原左近将監殿のご領地でござるな」

源之助はちらっと小日向を見た。青沼も小日向に視線を向ける。小日向はここで素性を明かした。

青沼の目が凝《こ》らされる。

小日向が話をしようとするのを源之助は制して、

「先月、三輪田村で三人の村人が斬られました。三輪田村で侍と申せば、年に何度かやって来る大河原家のご家来衆のみ」

「蔵間殿、まさか、当家の者の仕業とお疑いではござるまいな。第一、江戸の町奉行所同心である貴殿が、何故三輪田村の殺しについて調べておられるのだ」

青沼はうろんなものでも見るような目をした。

「まず、わたしが三輪田村の殺しに関わったわけですが、大河原さまが御奉行に頼まれましたからでござる。幸いにして、わたしは閑職の身にあります。それに、沢村殿の一件もありますからな。西久保さまの御領内に離れ小島のようにある大河原さまのご領地三輪田村での御用に因縁めいたものを感じましたものでお引き受けしたわけでござる」

「物好きな御仁じゃ。わけはよい。改めて申す。当家は一切関わりがない」

青沼は相変わらず木で鼻をくったような物言いをした。

「きちんとお調べになったのですか」

源之助は引かない。

「むろんのこと」

「そう断じてよろしいのですか」

「ならば、訊く。当家が関わっておるという証《あかし》でもござるのか」

「ござらん。ござらんが、他に考えようがないのです。証にはなりませぬが、殺された三人はいずれも西久保家の藩札を所持しておりました。これは、どういうことでしような」

「さあ」

青沼は横を向いた。

「わたしが申すまでもなく、藩札は発行した御家の領地内でしか通用しないもの。それを三人が三人とも持っていたということは」

源之助はここで言葉を止めた。

「三輪田村でも当家の藩札が通用する。たとえば、酒などは三輪田村の村人は藩札を使って当家の城下で買い求める」

青沼が言うには三輪田村の村人は青物を大宮城下に持って来る。城下では藩札で支払い、そして、その藩札で村人たちは城下の酒屋で酒を買うのに藩札を使うことは珍しくはないのだそうだ。

「従って、殺された三人が藩札を持っておったからといって、なんら不思議はない」

青沼はわかったかとばかりに胸をそらした。

「しかし、藩札の額がいささか多いと存ずる」

三人の中には金にして十両も持っている者がいた。

「ついでに申せば、沢村殿も藩札を持っておられた。さらには、その後江戸で殺された西久保家中の本木正作殿も藩札を持っておったとか。そこに、うろんなものを感ずるのはわたしが八丁堀同心だからですかな」

「いささか勘ぐりすぎですな」

青沼は冷笑を放った。

「そうは思えませぬ」

「何を考えておられる」

青沼の目が凝らされる。

「賭場……、で、ござる」

源之助が言った。

「賭場のう、なるほど賭場か。当家の城下に賭場があると申すか。いや、あってもおかしくはない。いや、ある。そのことは認めよう。むしろ賭博のない城下の方が不健全と申すもの。すると、蔵間殿は三人の村人は賭場に絡んで殺されたのだと考えておられるのだな。ならば申す。賭場に出入りする不届きな侍など、当家にはおらぬ」

「賭場に西久保家中の方が出入りしておられるかどうか、是非とも城下にある賭場を探りたいと存じます」

「城下とは限らぬ」

「城下でござりましょう。三輪田村の村人がわざわざ出かけるとなりますと、やはり、城下であると思いますな」

「探るに足る証はないのう」

「だから、青沼殿にお手助け願いたいのです」

「わしに三輪田村の村人殺しの下手人を探せと申すか」

青沼は露骨に不機嫌になった。

構わず源之助が頼もうとしたところで小日向が、

「お願い致します。どうか、お手助けくだされ。でないと、三輪田村の村人はおちおち眠ることもできませぬ」

「当家には関わりなきこと。こうして押しかけられますこと、はなはだ迷惑と申すもの。どうぞ、お引き取りくだされ」

青沼は源之助と小日向の申し出を受けることなく立った。

「待たれよ」

源之助が声を上げる。

「お引き取りを」

青沼はにべもなくはねつけると足音高らかに出て行った。

源之助は唇を噛んで畳を拳で叩いた。小日向が、怒りを露《あら》わにする源之助を諫めるように、

「蔵間殿、お手数をおかけしました」

「何を申される。まだまだこれからですぞ」

源之助は意気軒昂《いきけんこう》だ。

小日向は、

「これから、どうしましょうか」

「さて、吹く風に訊いてみますか」

源之助は不機嫌に返した。小日向はおろおろとしていたが、源之助と共に表に出た。

夕闇が濃くなっていた。

源之助と小日向は城を出ると三輪田村へと引き上げた。

三輪田村に近づくにつれ闇が忍びより、草の臭いが混じった生暖かい風に頬を撫でられた。

もうすぐで地蔵が見える。

三輪田村に帰って来た。

と、草むらがざわついた。

「出てまいれ」

源之助は柳の木陰に視線を走らせた。

「いかがされた」

小日向の問いかけには答えず、

「さあ、出てまいれ」

源之助は柳に向かって声を放った。

野道を蹴る足音がしたと思うと、数人の侍たちが目の前に立った。みな揃って黒覆面を被っている。

「西久保家中の方々か」

源之助が質《ただ》しても答える者はいない。

「三輪田村の村人を殺したのか」

これにも返事はない。

「よかろう」

源之助はゆっくりと大刀を抜いた。刃が月光を弾《はじ》く。小日向に、

「しばし、離れておられよ」

小日向は言葉もなく息遣いばかりが荒くなった。

二人が斬りかかってきた。

源之助は大刀を左右に払い、敵の刃を防ぐ。同時に相手の懐《ふところ》に飛び込むと、左の

拳《こぶし》で鳩尾《みぞおち》を突いた。敵はうずくまる。

次いで、背後に控える敵に躍《おど》りかかる。

刃を払い除けながら大刀の峰《みね》を返すと、一人の首筋、二人の籠手《こて》を打った。

残る二人に対したところで、

「蔵間源之助、見事な腕よな」

一人の男が覆面を脱いだ。

青沼藤三郎だった。

「これは、なんの真似だ」

「腕試しだ」

青沼はなんのためらいもなく答えた。

三

江戸では善太郎が定吉の身を案じていた。

「定吉、おまえ、本当に医者になりたいのか」

善太郎は定吉に牡丹餅《ぼたもち》を手渡した。定吉は美味《うま》そうに頬張った。

「どうして、お医者になりたいのだ」

善太郎は大真面目に訊いた。

「お医者がいたら、おとっつあんもおっかさんも死なずにすんだかもしれないもの。だから、おいらがお医者になって病で苦しむ人を助けてあげるんだ」

子供ながら見上げた考えであると善太郎は感心したものの、為吉とお君はどんな名医が手当てしても助からなかっただろう。ところが定吉は医者がいれば、死なずにすんだと頑《かたく》なに信じているようで、

「お医者さえいれば、おとっつあんもおっかさんも死なずにすんだ」

と、繰り返した。

まるで自分を責めているようだ。なんだか違和感がする。すると、定吉は牡丹餅を皿に置き、

「おいらがもっと探せばよかったんだ」

「探すって、何を探すんだ」

善太郎も牡丹餅を置いた。

「決まってるだろう。お医者だよ」

定吉は強い口調で返した。

善太郎は定吉の間違いを正すべきだと思った。でないと、定吉は為吉とお君の死を自分のせいと考えて一生を過ごすこととなる。それはあまりにも酷《こく》というものだ。

「定吉、自分を責めるな。おまえのせいじゃないんだ。悪いのはあの行商人だ。それにな、こんなこと言っちゃあなんだけど、おとっつあんとおっかさんも、あの傷じゃあ、どんなお医者にかかったって助からなかったさ」

定吉はうつむいた。

「な、そうだろう」

善太郎は定吉に問いかける。

定吉はうつむいたまま、

「本当のおとっつあんとおっかさんじゃないんだ」

「何だって」

善太郎は驚きの余り、牡丹餅を咽喉に詰まらせてしまった。顔を真っ赤にし、慌てて麦湯を飲む。どうにか牡丹餅が咽喉を通り過ぎたところで、

「為吉さんとお君さんは本当の親じゃないのかい」

「うん」

定吉はうなずく。

「じゃあ、本当の親御さんはどうしたんだ」

「おっかさんは四つの時に肺を患《わずら》って死んでしまった。おとっつあんは六つの時に流《は》行病《やりやまい》で死んでしまったんだ」

　定吉は葛飾郡の百姓家で生まれ育ったのだそうだ。村には医者がなく、本所まで呼びに行くしかなかったという。

「なら、為吉さんとお君さんとはどうして親子になったんだ」

　善太郎の問いかけに、

「去年だったかな」

　為吉とお君は村にやって来て、定吉が両親に死に別れた気の毒な子供ということを知り、引き取ったのだそうだ。

　二人は定吉を連れて日本橋長谷川町にやって来て一膳飯屋を営むようになったのだとか。

「そうだったのか」

　善太郎は定吉の頭を撫でた。

「でも、よくしてくれたよ。とってもよくしてくれた」

「為吉さんとお君さんは定吉と出会う前には何をやっていたんだ。同じ村じゃなかったんだろう」

「よくわからないんだ。あんまり、自分たちのことを話してくれなかった」

人の好さそうな二人であった。いかにも定吉のことを可愛がっていた。定吉は本当の親と、親代わりとなってくれた二人と死別し、幼いながらに人の死というものと直面してしまった。まことに気の毒というよりは、過酷に過ぎる人生である。辛い経験から医者になりたいという希望を抱くようになったのだろう。

「わかった。おまえ、医者になれよ。医者になって一人でも大勢の人を助けるんだ」

善太郎は踏ん切りがついた。自分の勝手で定吉を縛ってはならない。定吉の希望を摘み取ってはならない。

「うん」

定吉はにっこり笑うと牡丹餅を口に運んだ。

「医者になるとすると、学問を積まなきゃいけないな。定吉は学問が好きだから苦にならないかもしれないけど」

善太郎は定吉が読んでいる本を手に取った。『太閤記《たいこうき》』である。善太郎には読めない漢字がいくつもあった。

「定吉、これ、全部読めるのか」

「読めるよ」

定吉は声に出して読み始めた。まるで、立て板に水だ。

「善太郎兄ちゃんも読めるだろう。これくらい」

定吉に言われ、

「決まってるだろう。読めるさ」

むきになって本を取り上げる。

「おれは、立て板に水だからな」

善太郎は言うと、『太閤記』を開き、

「ええっと」

視線を落とした。

姉川《あねがわ》の戦いの場面であるが難しい漢字ばかりが並んでいる。それでも定吉の手前読まないわけにはいかず。

「ま、ま、真柄《まがら》、じ、じ、じゅう、十郎左衛門《じゅうろうざえもん》は……」

つっかえつっかえにしか読むことができない。冷や汗が出てきたところで定吉が、

「おいらが読むよ」

善太郎の手から『太閤記』を引っ手繰《たく》って読み始めた。幼い声音《こわね》ながらしっかりと

した読みっぷりで北国《ほっこく》の勇者真柄十郎左衛門の活躍が語られる。大太刀を振りかざし群がる雑兵《ぞうひょう》をばったばったと斬り倒す様が目に浮かんできた。

きりの良い所で、

「定吉、雨宮先生の所に行くか」

善太郎は問いかけた。定吉は口を閉ざした。

「雨宮先生のお内儀さまは定吉をご自分の下に引き取りたいとおっしゃってる。雨宮先生の下でなら、お医者になるよう学問を積むこともできるぞ」

「お兄ちゃんのところに住んじゃいけないの」

定吉は不安そうだ。

「いけなくはないけど、ここは商人の家だ。お医者になるには、やはりお医者の下で暮らして、色んな用事をやりながら学問を学んだ方がいいに決まっているさ」

善太郎は明るく答えた。定吉は黙り込む。

「どうしたんだ。お医者になりたくはないのか」

「なりたい」

定吉の表情は曇ってゆく。

「なりたいなら雨宮先生のお宅に行こう」

そこへ善右衛門が入って来た。善太郎は善右衛門に向かって、

「定吉、雨宮先生のところに預けようと思う」

善右衛門は黙ってうなずく。

「おいら……。おいら、雨宮先生のところへ行きます。本当にお世話になりました」

定吉はきちんと頭を下げた。賢さとしっかりとした人柄は将来の名医を期待させる。雨宮の下で学問を積み、修業をすればきっと才能が花開くに違いない。

「しっかりな」

善右衛門が声をかけ、

「あたしが病になったら看《み》ておくれよ」

善太郎も励ました。


その日の夜半、善太郎は定吉を伴って雨宮の診療所へとやって来た。折よく、患者は途絶え、雨宮も今夜は往診がないという。善太郎と定吉は奥の座敷で雨宮、佳乃と向かい合った。

佳乃は柔らかな笑みをたたえ、定吉を見た。善太郎は定吉が医者になりたいという希望を持っていることを伝え、

「是非、雨宮先生の下《もと》で学問を積ませてください」

雨宮は定吉に向き、

「本気なのだね」

「はい」

定吉はしっかりと首肯した。善太郎は定吉に為吉とお君のことを明かした方がいいか確かめる。定吉がうなずくのを確認してから、為吉とお君が本当の親ではないことを話した
「そうだったの。辛い思いをしてきたのですね」

佳乃は定吉を見る。

「医者は見てくれよりも辛いぞ」

雨宮が言った。

「辛くても歯を食いしばります」

定吉は幼い顔で決意を示した。佳乃は黙ってうなずく。

「定吉のことをよろしくお願いします」

善太郎は両手をついた。

「責任を持って育てます」

佳乃が答えると雨宮も丁寧に頭を下げた。

「定吉、よかったな」

善太郎はまだまだ声をかけてやりたかったが、未練が残るばかりだと断腸の思いで腰を上げた。

四

「腕試しとは、どういうことでござるか」

源之助は青沼に向き直った。

「貴殿にわが城下の掃除をしていただきたいのだ」

青沼の申し出は意外なものだった。

「掃除とは……」

源之助は警戒の眼差しを向けた。

「ここでは、なんだ」

青沼は源之助だけと話がしたいようだ。小日向はそれを察し、先に陣屋へと帰って行った。

源之助は青沼について近くの百姓家に入った。庄屋の住まいのようだが、今は住んでいる者はなく、大宮藩が飢饉《ききん》に備えての備蓄米やら炊き出しを行えるような設備にしたそうだ。

庭を先ほどの侍たちが警護している。襲撃してきた侍たちが一転して守ってくれているとはいささか奇異な感じがした。

母屋の座敷で青沼と向かい合う。一人の侍が給仕して、酒の支度がなされた。滅多に飲むことのない源之助であるが、舌が滑らかになる方が青沼の本音を聞けると思い、受けることにした。

徳利を満たす酒はどぶろくであった。肴は岩魚《いわな》の塩焼きと焼き味噌である。質素さを披歴《ひれき》したいのか、日頃より慎ましい酒盛りをしているのかはわからない。

「どぶろくですが、これも慣れれば、存外といけるものですぞ」

青沼は先ほどまでの刺々《とげとげ》しさはなく、親し気な笑みを向けてきた。木の碗でたゆたう白く濁った酒は少しばかりすっぱい匂いがしたが、口に含むと案外と甘味がある。口当たりも好く、抵抗なく飲むことができた。

「手酌でまいりましょう」

青沼に言われ、その方が飲みやすい。自分の酒量に合わせて飲めるというものだ。

しばらく飲食した後、青沼は話を切り出した。

昨年秋の嵐以来、大宮藩の城下町には田畑や家を失った農民たちが溢れ、彼らは城下再建の普請仕事に従事するようになった。そこで、当然のこと賭場と女、酒が集まった。

悪の巣窟《そうくつ》となった城下の一角を源之助に掃除してもらいたいというのだ。

「貴殿らがすべきことと存じます。その前に、わたしは大河原さまから依頼された御用がござる。すなわち、三人の村人を斬った下手人を探し出し、罪を償《つぐな》わせねばなりません」

「それならば、まさしく格好の御用でござる」

「ということは、三輪田村の村人を斬った下手人が関わっているということですか」

青沼はうなずくと、

「悪所を仕切る萬の文蔵が用心棒来生菊乃丞に依頼して三輪田村の村人を始末した。村人たちは賭場で勝った儲けを藩札で受け取った。しかし、その藩札は文蔵が偽造したもの。文蔵は贋《にせ》の藩札を発行し、領内で様々な品を買いつけては、江戸に持ち込んで金に換えることを繰り返して私腹を肥やした。殺された村人たちは藩札が贋物と気付き、文蔵に小判で寄越さなければ江戸まで訴えに行くと騒いだのだ。当家としても、贋の藩札を見逃しにはできぬ。当家の信用に関わる」

村人は文蔵に口封じされたということだ。贋の藩札に拘《こだわ》るのは青沼が勘定奉行だからだろうが、それなら尚更、自分の手で文蔵たちを成敗すべきではないかという不満が渦巻く。

ただ、文蔵の用心棒をしている刺客には興味をひかれた。

「来生菊乃丞とはそれほどの遣い手でござるか」

「名前はどこぞの若さまのようだし、併《あわ》せて容貌も優男《やさおとこ》然としておりますが、それはもう凶暴極まる男でござる」

優男然とした刺客、ひょっとして……。

「その男、行商人に扮したりはしませんか」

源之助が尋ねると、

「沢村と飯屋の主人夫婦を斬った行商人だとお考えか」

「いかにも」

「おそらくは、来生菊乃丞の仕業でしょうな」

「沢村殿は来生に追われていたということですな。沢村殿は文蔵にとって目障りな存在であったのですな」

「沢村は文蔵の賭場に出入りしておったようだ」

「文蔵の賭場を摘発せんとしておったのではないのですか」

「そうかもしれぬが」

ここで青沼は悩ましげな目をした。いかにも含むものがありそうだ。

「そもそも、萬の文蔵の始末を何故わたしに依頼するのですか。臭い物には蓋《ふた》、つまり、西久保家中では摘発することに及び腰なわけですな。そのわけ、おおよその察しはつきます。文蔵から御家の上層部に金が流れているのではございませんか。よって、よそ者のわたしに文蔵を摘発させる、大方そんなところでしょうか」

源之助は冷笑を放った。

青沼はそれを受け止め、

「殿の運動資金に活用もされたのでござる」

文蔵は大宮藩主西久保越中守が寺社奉行になるための運動資金を提供したのだとか。

昨年の大嵐によって年貢の徴収は減り、その上、大損害を受けた城下の復旧に多額の費用が必要になった。

「やむを得なかった」

青沼は呟くように言ってから言い訳に過ぎぬな、と言い添えた。

「沢村殿はそれを摘発しようとしたのではござらぬか」

「郡方の役人を辞職させられた上に、御家からも去らざるを得ないまでに自分を追い詰めた御家の上層部が、文蔵から甘い汁を吸わされていることを知り、沢村は我慢ならなくなったのであろう。文蔵と御家の上層部が繋がり不正を働いていることを摘発せんと江戸に向かったものと思う」

「すると、佳乃殿を呼んだというのはどういうことでしょうな」

「沢村は死を覚悟して、死を前に佳乃殿に今生《こんじょう》の別れをしたかったのかもしれぬ。あるいは、佳乃殿に不正摘発を託そうとしたのかもしれませぬ」

「それなら、飯屋夫婦を巻き添えにしなくてもよかった。雨宮先生の診療所に赴いた時には面談を拒絶されたとしても、事の次第を打ち明けた文なりを託すことはできたでしょう。納得できませぬな」

源之助は首を捻った。

「その夫婦、単なる飯屋夫婦ではないとしたらどうでござろうな」

「萬の文蔵一味と繋がりがあるということですか」

「さよう」

青沼はうなずく。

「いかに繋がっておるとお考えか」

「そこまではわからぬ。ただ、沢村は飯屋夫婦と文蔵の繋がりを知ったから立て籠ったのかもしれぬ。更に申せば、来生は文蔵に依頼されて沢村と飯屋夫婦の口封じを行ったのではござらんか」

「すると、飯屋夫婦のことを調べ直さぬといけませせぬな」

「お任せ致す」

江戸まで戻る時が惜しい。矢作に任せようと源之助は思った。

「懇意にしておる男に調べさせます」

青沼は苦い顔をした。源之助以外に大宮藩の恥部が知られることへの躊躇《ちゅうちょ》であろう。

「信頼のおける男でござる。南町の矢作兵庫助、矢作は亀屋の事件に立ち会ったばかりか行商人彦六、すなわち来生菊乃丞を追っております。まさしく適任ですぞ」

源之助は説得にかかった。

「そうは申されても……」

「わたしにお任せいただく以上は、その条件を呑んでいただきたい」

源之助は強く言った。

「わかった。明朝、早馬を立てる」

青沼は折れた。

「それで、わたしが文蔵の摘発を行っても西久保家は困らないのですか」

言葉の裏には都合よく働かされた挙げ句、御家の都合で梯子《はしご》を外されるのではという疑念がある。

「貴殿を裏切りはせぬ」

青沼は断固とした決意を示すように大きく目を見開いた。

「その言葉、信じてよいのですな」

「武士に二言《にごん》はなし」

青沼は言った。

青沼の肚《はら》の内はわからない。しかし、大河原の影御用を引き受けた以上、村人殺しの下手人を明らかとし、然るべく処罰を受けさせなければならない。村人たちを斬ったのが来生菊乃丞なのか、斬らせたのが文蔵なる博徒なのかは決めつけられないが、下手人が西久保家中の者、殺された村人たちが大宮城下に頻繁に出入りしていたことから、西久保家探索のとっかかりにはなるはずだ。

源之助は承知し、文をしたためる。

五

明くる十三日の朝、矢作が南町奉行所に出仕すると、大宮藩の早馬で運ばれてきた源之助の文が届いていた。

「親父殿、影御用か」

矢作はわくわくした。

一膳飯屋の為吉とお君夫婦に裏の顔がありそうだとは意外だが、強い興味を引かれる。矢作は酷暑も吹き飛ばす、熱い思いで探索に当たろうと思った。それにしても、あの優男の行商人が名うての剣客とは世の中、おかしなものだ。

矢作は為吉とお君夫婦の忘れ形見定吉から話を聞こうと日本橋長谷川町の杵屋へとやって来た。

裏木戸から庭を見通すと母屋の縁側で善右衛門が詰め碁をやっている。首を伸ばして碁盤を見入る姿に笑みがこぼれる。楽しみを邪魔することに心が咎めたが、そういうわけにもいかない。

「御免」

矢作が声をかけると善右衛門はこちらを向きしばし目を凝らした。八丁堀同心姿の矢作を見て記憶の糸を手繰《たぐ》るようにしばし口を閉ざしていたが、

「南町の矢作さまですな」

「いかにも、蔵間源之助殿は妹の舅《しゅうと》でござる」

矢作は庭を横切り縁側に腰かけた。善右衛門はお茶を用意すると言ってくれたが矢作はやんわりと断り、

「本日、訪ねたのは定吉に話を聞きたいのでござる」

善右衛門は定吉になんの用だといぶかしんだようだが、八丁堀同心の役目に疑問を差し挟むことを遠慮したのか、わけは問わずに、

「定吉は雨宮先生のお宅に引き取られたのです」

「ええっ」

これには矢作も仰天した。

善右衛門は定吉が医者になりたい希望を持っており、雨宮の妻佳乃が定吉を育てたいと申し出てきたこともあって、雨宮の家に託した経緯を語った。

「そうですか。定吉がね」

矢作はともかく雨宮の診療所に向かおうと腰を浮かした。すると、善右衛門が、

「定吉、為吉さんとお君さんの本当の息子ではなかったのです」

と、定吉の身の上を語った。

「気の毒な子です。ですが、定吉は決して挫《くじ》けず医者になろうと生きています。そのことに、わたしも胸が熱くなりました」

矢作も定吉の身の上に同情し、定吉の将来に幸あれと願わずにはいられなかった。しかし、その一方で為吉とお君という夫婦にある秘密に俄然興味が湧いた。


矢作は雨宮の診療所にやって来た。

診療所の板敷で雑巾をかける定吉の姿がある。佳乃が矢作に気付き、上がるように言った。矢作は奥の座敷で佳乃と向かい合う。

「定吉、達者なようですな」

矢作は善右衛門から定吉が雨宮の家に引き取られた経緯を聞いたことを語った。佳乃は、

「定吉を立派な医者に育てたいと存じます」

「ところで、定吉に訊きたいことがあるのです」

矢作が申し出ると佳乃の目がきつく凝らされた。今更なんの用だと抗議をしているようだ。

こういう女は苦手だと内心で舌打ちをする。自分で納得しないことには受け入れようとしない。お高く留まっているのではないが、筋を通すことに拘《こだわ》る、いかにも武家の妻女である。

「為吉とお君夫婦のことで訊きたいことがあるのです」

「何をお訊きになりたいのですか」

「それは、わたしが定吉に尋ねることです」

苦手意識からむきになり声を大きくしてしまった。

しかし佳乃は動ずることなく、

「わたくしは、定吉の母親です。定吉に話をお訊きになる時は、わたくしも同席致します」

がんとして譲らない。

佳乃と言い争うのは時の無駄だ。それに、こういう女は納得すれば、協力してくれるものである。

「わかりました。いいでしょう」

矢作は受け入れた。

佳乃は西久保家郡奉行井上助右衛門の娘であり、沢村一之進の妻だったのだ。大宮城下について思わぬ情報を持っているかもしれない。

矢作が承諾すると、佳乃は座敷を出て行った。目の前から佳乃がいなくなると、ほっと安堵のため息が漏れた。

程なくして、佳乃が定吉を伴って戻って来た。定吉は矢作を前にしても臆することなく正座をした。

矢作は笑顔を取り繕《つくろ》って定吉が医者修業することをまずは激励した。定吉は黙ってうなずく。

「ところで、為吉とお君、実の親ではなかったのだな」

「はい」

「一年前に葛飾郡の村にやって来る前、二人はどこにいたと申しておった」

「下野《しもつけ》です。鹿沼近くの村でお百姓をやっておりました」

定吉はきっぱりと答える。

「大宮ということはなかったか」

矢作は問うた。

定吉は思い出すようにして天井を見上げた。しかし、

「下野だと言っていました」

もう一度繰り返した。

すると佳乃が、

「少々、お待ちください」

何かを思い立ったように腰を上げ部屋から出て行った。どうしたのだという問いかけは口をつぐんだ。佳乃のことだ、何か思い当たることがあるのだろう。佳乃が部屋に戻るまで矢作が口を閉ざしたため、部屋には重い空気が漂った。

やがて佳乃が戻って来た。

「申し訳ございません」

佳乃は詫びてから、

「患者さんの中で亀屋さんによく行っていた人がいるのです」

その患者の話によると為吉とお君のやり取りには下野の訛《なま》りが一切《いっさい》感じられなかったそうだ。

「下野の訛りは独特なものがあるそうです。語尾の調子が微妙に上がるのだとか。患

者さんは下野の出身だから為吉さんやお君さんに下野の話をしたそうなのですが、お二人は下野のことを話したがらない様子だったとも申しておられました」

患者は為吉、お君夫婦が下野の出身だと偽っているのではと思っていたという。

「どうして、為吉、お君夫婦は出身地を欺《あざむ》いておったのでしょうな。佳乃殿、おわかりか」

「お二人は生まれ育った村にはいられなくなって江戸に出て来たのですね。何か深い事情がありそうとは想像できますが……」

「大宮藩の領民であったとは考えられませぬか」

「さあ、わかりませぬ」

佳乃も判断ができないようであったが、定吉が、

「そうだ」

突如として素《す》っ頓狂《とんきょう》な声を上げた。

「どうした」

矢作が訊くと定吉は耳に入らなかったように部屋の隅に行った。そこには行李《こうり》がある。佳乃が定吉が持って来た荷物がまとまっていることを教えてくれた。定吉は行李の蓋を開け、しばらくごそごそと手探りをしていたがやがてお札と紫の袱紗包みを持

ってきた。

「これ、おっとうとおっかあが持っていたものです」

定吉は言った。

佳乃が受け取りお札を見た。

「見返り稲荷《いなり》のお札《ふだ》、大宮城下にある稲荷です」

佳乃は断定した。見返り稲荷とは、大宮から江戸に向かう者が必ず振り返ることからそう名付けられたのだそうだ。

「これで決まりだな。為吉とお君は大宮藩の領内出身だ」

矢作は言った。

次いで、袱紗包みを空ける。

版木が出て来た。

矢作が取り上げてしげしげと眺めていると佳乃が目を凝らし、

「これは」

と、絶句した。

「心当たりがあるのですか」

「これは、大宮藩の藩札の版木でございます」

佳乃は言った。

「これを刷ることで大宮藩は藩札を発行していたということですか」

矢作もしげしげと見直した。

佳乃は版木を取り上げ、文机に向かった。紙を用意し、硯に筆を浸して版木に塗り付ける。次いで、紙に押した。

刷り上った紙をそれをしげしげと見る。

「贋物《にせもの》ですね」

佳乃は断じた。

「贋物とは驚きだ」

矢作が言うと定吉は目を白黒させている。為吉、お君夫婦は大宮藩で偽藩札作りに従事していた。沢村はそのことを突き止めて江戸にやって来たのではないのか。

思わぬ展開になったものだ。

逃げた女房に未練たらたらの浪人が迷惑にも立て籠もり事件を起こしたのだとばかり思っていたが、思いもかけない秘密が隠れていたのである。

定吉が心配そうな顔をしている。

「定吉、何も心配することはないぞ。おまえは、勉学に励んでおればよいのだ」

矢作が言うと、佳乃は定吉を抱き寄せた。

定吉はうなずくと庭の草むしりをすると言って部屋を出て行った。

彦六を捕まえねば。

しかし、彦六の足取りはようとして知れない煙のように消えてしまったようだ。あの怪我で江戸から出たとは思えない。ならば、見つかりそうだが、さっぱり行方が知れないとはどういうことだ。

矢作は彦六の優男然とした顔を思い浮かべた。

六

三日前、十日の晩のことだった。

行商人彦六こと来生菊乃丞は大宮藩士を斬り、その足で旅立とうと思った。しかし、腹の傷が思ったよりも深手であることに加え、本木正作を斬った時に傷口から出血をしてしまった。

止血をしたものの、足を速めることはできない。どこかの医者に駆け込みたいところだが、今頃は南北町奉行所から追手がかかっている。来生が負傷していることもわかっていることから医者には町方の目が光っていることだろう。

なんとしても文蔵の家まで辿り着かねば。

歯を食いしばって、両国橋の袂まで至ったところでばったりと倒れた。

すると、

「ちょいと、どうしたんだい」

女の声がかかった。

「大したことはない」

来生は蹲《うずくま》りながら答える。脂汗《あぶらあせ》を滲ませその顔で女を見上げる。女の目が凝らされた。

「大丈夫じゃなさそうだよ」

女は言うと来生を心配そうに見る。余計なお世話だと思ったが、

「うちにきな。すぐそこだからさ」

女は見たところ堅気《かたぎ》ではない。

断ろうと思ったが、追手から逃れるにはこの女のお節介を受け入れることもいいのかもしれない。

「すまないね」

役者ばりの面相を向ける。

女は笑顔になった。

これまでに、どれほど女に助けられてきたことか。男前の面相に加えてどういうわけか自分には女に惚れられる要素があるらしい。

「歩けるかい」

女は言った。

「大丈夫さ」

二、三歩進んでからよろめいた。わざとだ。女は、

「だから、言わないこっちゃないの」

と、肩を貸す。

来生は女の肩につかまりながら自宅へと向かった。

女の家は両国から程近い、薬研堀《やげんぼり》の一角にある小体《こてい》な二階家だった。

格子戸を開けて居間に入りまずは身を横たえた。

「あんた、行商かい」

「薬を商っているんだ」

来生は彦六と名乗った。

「あたしは、お紺《こん》、柳橋《やなぎばし》で芸者をやってんだけど、早い話がさ、金持ち爺いの囲われ者なんだ。旦那は両国東広小路で木綿問屋を営んでいる信濃屋《しなのや》のご隠居、八右衛門《やえもん》って爺さんよ」

お紺はあっけらかんと語った。

来生はじっとお紺を見据えた。お紺は来生に着物を脱ぐよう言った。年寄りの地味だけど、着物ならあるし、真新しい晒《さらし》もあると奥に引っ込んだ。来生は小袖を脱ぎ、脇腹を見た。血に染まっている。

お紺が水と晒を持ってきた。

「おや、おや、刃物でやられたね」

お紺は言いながらも動揺はしていない。それどころかてきぱきと傷口に塗り薬を塗る。塗りながら、

「昔付き合っていた男にやくざ者がいたんだ。喧嘩で命を落としたんだけどね、それまでにも、喧嘩が絶えなくて、刃物で切られたり刺されたりを繰り返していたからさ、怪我の手当は慣れたもんだ。もっともそれからも何人もの男とくっついたり離れたりを繰り返したの。男はどういうわけか、やくざ者ばかりだったけどね」

お紺は真新しい晒を巻いてくれた。

「あんた、相当に喧嘩慣れしているね。それに、この傷、お侍と喧嘩したのかい」

「まさか」

「でも、この傷、刀で刺されたんだろう」

来生が黙っていると、

「ま、いいけどさ。あんまり向こうみずな真似をしちゃあいけないよ」

「すまんな」

来生は素直にお紺の言葉を受け入れた。

「あ、お茶でも飲むかい。いや、お酒の方がいいか」

お紺は来生の返事を待たず腰を上げた。すぐに徳利と、

「余り物だけどさ」

煮豆を持って来た。

そういえば、ほとんど何も食べてはいない。傷口がぴりぴりとしたが酒を飲むとすうっと痛みが和《やわ》らいでいくようだ。

「美味いな」

笑みがこぼれた。

「あんた、出はどこだい」

「上方《かみがた》だけど、行商をやって暮らしてきたから、どの土地にも馴染みはないな。根無し草って言ったらいいかな」

それは本当のことだ。

江戸で生まれた。父親は浪人だった。仕官の口を探し求めたがかなわなかった。剣術だけはできたから、幼い頃より父について剣を学んだ。父は何かをして糊口《ここう》をしのいでいた。何をやっているのかはわからなかった。それが、賭場の用心棒だとは、父が病床に伏していた時にわかった。

父の薬代、医者代、さらには暮らしの面倒を見てくれたのが、萬の文蔵だ。文蔵は大宮藩西久保家の下屋敷で賭場を開帳していた。来生の父は賭場というよりは、文蔵の用心棒であった。

父が死に、ごくごく自然に来生は文蔵の用心棒となった。文蔵は、

「来生先生の息子にしちゃあ、あんた男前だ。役者にしてえくれえだ」

と、言って、「菊ノ介」を改め、「菊乃丞」と改名することを勧めた。来生に異存はなかった。

「来生さんよ、あんた、西久保さまのためにお役に立たねえか」

と、ある日文蔵から誘われた。

「お役に立てば、西久保さまに仕官できるってもんだ」

誘われた当初は父の念願である仕官ができると勇んだが、やらされたのは汚れ仕事である。文蔵は西久保家の国元である大宮へ移った。文蔵について行った来生を待っていたのは、人斬りだった。

怨みも憎しみもない相手を文蔵の依頼で斬る。

斬ることに躊躇《ためら》いを感じなかった。

面白くもないが、嫌でもない。血に飢えているわけでもない。淡々と人斬りを重ねた。なんの疑問も持たず、もちろん希望も持たずに……。

飯を食う、酒を飲む、女を抱くのと同様に人斬りを繰り返してきたのだ。

「あんた、どうしたのさ」

お紺が徳利を向けてきた。

「いや、なんでもない」

「どこか行く予定はあるのかい」

「大宮に行く」

「大宮か」

「行ったことはあるのか」

「あるわけないだろう。あたしは、江戸から一歩も出たことがないんだ」

「どこか旅をしたいとは思わんか」

「日光《にっこう》かな……。日光見ずして結構《けっこう》と言うなかれって言うだろう。さぞや、煌《きら》びやかなんだろうねって思って、一度でいいから日光東照宮《とうしょうぐう》を拝んでみたいね」

「日光にはあたしも行ったことはないな」

来生は呟くように言った。次いで、

「行ってみるか」

と、自分でも思いがけない言葉が口から出てしまった。

「本気にするよ」

お紺はにっこりと笑った。それから、酒の替わりを持ってくると言って立ち上がった。来生はこのままこの女を大宮に連れ帰るかというような思いに駆られた。決して美人ではない。困っている時に親切にされたことで情にほだされたのかもしれない。

それでもいい。

「あんた、いける口だね」

お紺は言った。

「姐《あね》さんも強いじゃないか」

来生も返す。

お紺は来生の胸に顔を埋めた。来生は黙って両手で抱きしめた。

お紺はうれしそうな顔をした。

それから眠気に襲われた。頭がぼうっとした上に頬が火照《ほて》ってきた。酔いが回ったのかと思ったが、熱が出てきたようだ。

来生は眠りに落ちた。


三日間、来生はお紺の家で過ごした。

お紺の献身的な看護のお陰で熱は下がり、体調が回復した。

その晩のこと、お紺と酒を酌み交わした。酒が進み、すっかりいい気分になったところで、

「おい」

格子戸を叩く音がする。

「八右衛門の爺《つぁ》さんだ。今日は来ないはずなのに、ったく、邪魔しやがって」

お紺は悪態を吐くと立ち上がる。それから、

「ちょいと、悪いけどさ、二階に行っておくれ」

来生は無言で階段を登って行く。お紺は大急ぎで湯呑を片付け、土間の草鞋《わらじ》も隠した。その間にも、

「おい、開けてくれ」

格子戸が叩かれた。

「今、行きますよ。少し、待ってくださいな」

お紺は舌打ちをしてから玄関へと急いだ。土間に降りて心張り棒を外す。すぐに格子戸が開けられた。

「どうしましたか。今晩はいらっしゃらないんじゃなかったのですか」

ついつい抗議めいた口調になってしまった。

「いけないのかい」

八右衛門は不機嫌に言った。

「そんなことありません」

お紺はくるりと背中を向けて家の中に入った。八右衛門はお紺の尻を撫でた。

「よしてくださいよ」

思わずお紺は八右衛門の手を払った。八右衛門は、

「どうしたんだい」

と、目を大きく見開いた。

「いや、びっくりしたんですよ」

慌ててお紺は取り繕う。

ところが、八右衛門の目には不審に映ったようで、

「おまえ、まさか、あたしの留守をいいことに男でも引っ張り込んでいるんじゃないだろうね」

「馬鹿なこと言わないでくださいな。あたしゃ、旦那だけですよ」

お紺は笑みを浮かべた。

「酒をおくれな」

八右衛門は言った。

しまった。酒は飲んでしまった。

「切らしたから買ってきますよ」

「だって、五升はあっただろう」

「つい、飲んじゃったんですよ」

「おまえ一人でかい」

「もちろんですよ」

お紺は早口に答えると出かけようとした。

八右衛門は階段を上がろうとした。

「旦那、どこへ行くんですよ」

お紺は引き止めた。

「どこって、二階に決まっているだろう。二階にわたしの羽織があったじゃないか」

「あたしが取りに行きます」

お紺は階段に向かった。

「お紺、どうしたんだ。さっきから様子が変だぞ。妙にそわそわとして」

八右衛門はお紺を押しのけ階段に足をかけた。

すると、来生が階段をゆっくりと降りて来た。

「な、なんだ……」

八右衛門は恐怖に引き攣《つ》りながら後ずさった。

第四章　地獄への旅

一

源太郎は大宮藩士本木正作殺害の下手人を追っていたが、大宮藩から圧力がかかった。炎天下の聞き込みによって、本木殺害現場で亀屋事件の下手人彦六らしき行商人が目撃されたことがわかった。彦六が殺した沢村も大宮藩にいた。彦六が大宮藩と関わりがあることは間違いなかろう。

せっかく手がかりを摑んだ矢先に、大宮藩からの本木殺しは大宮藩で探索を行う、町方には頼らないという申し出を北町奉行榊原主計頭忠之《さかきばらかずえのかみただゆき》が受け入れ、源太郎に探索中止を命じた。

いくら奉行の命令でも、源太郎の気持ちは収まらない。

先輩同心の牧村新之助《まきむらしんのすけ》に相談というか文句を言うべく、京次共々両国西広小路の茶店で落ち合った。

「納得できません」

源太郎はいきなり切り出した。

横で京次もぐっと唇を嚙んで新之助を睨んでいる。二人がかりで新之助を責めているかのようだ。

「仕方がなかろう。大名家の家臣が殺されたのだ。我ら町方が関与するわけにはいかん」

新之助らしからぬ役人然とした物言いが、新之助自身も納得していないことを示している。

「たとえ、大名家の家臣でも江戸市中で事件を起こしたり、巻き込まれたりしたなら町方が関与するではありませんか」

源太郎が食ってかかったように、町方は大名屋敷に踏み込むことはできないが、藩士の取り調べを行うことはできる。それが、大宮藩の申し入れであっさりと引くというのはいかがなものか。

「御奉行が承知されたのだ」

新之助は苦い顔をした。

「何故、受け入れられたのですか」

源太郎は新之助を責めるのはお門違《かどちが》いだと思い口をつぐんだ。新之助相手に不満をぶつけたことで、わずかだが気が晴れた。

源太郎の表情が落ち着いたところで新之助が、

「ところで、蔵間殿、このところ休んでおられるが、いかがされたのだ」

「母上には大宮へ行くとだけ告げて出かけたそうです」

源太郎が答えると、

「大宮か」

新之助は首を捻る。

「どうも影御用で大宮に向かっているようです」

「なるほど、影御用か。行く先は大宮、そして、蔵間殿は亀屋に立て籠もった大宮藩の浪人の事件に関与された。大宮行きは偶然かな」

新之助が疑問を呈すると、

「ひょっとして、こたびの影御用は大宮藩絡みということでしょうか」

源太郎が抱いた疑念は結果的には的中した。本来は、直参旗本大河原左近将監の依頼によって武蔵国足立郡三輪田村へと向かったのだが、それがきっかけで大宮城下にはびこる悪所摘発を担うことになっているのだ。

「御奉行はひょっとして大宮藩から依頼をされたのかもしれんな。蔵間源之助を寄越して欲しいと」

「父が御用を行うということは、大宮藩の本木正作殺しに大宮藩が関与しているからでしょうか」

「それは考えられる」

新之助が答えたところで京次が、

「さすがは、蔵間さまだ。大宮藩西久保家といやあ、譜代名門ですよ。その事件の探索を任されるんですからね」

すると源太郎が、

「そうと決まったわけではない」

「ともかく、大宮藩士本木正作殺しの一件には我らは関わらぬことになった。別の事件を追うことだ。いや、別に事件を求めることはない。地道に町廻りを行うことだぞ」

「今は暑いだけで平穏そのものです」

源太郎はまるで退屈だと言わんばかりに大きく伸びをした。

新之助は暑かろうが寒かろうが気を抜くなと言い残して出て行った。

自分たちも行こうかと京次を促したところで、

「お役人さま」

と、初老の男が茶店に顔を出した。

なりからして店者《たなもの》のようである。

「どうしやした」

京次が尋ねると、

「旦那さまが」

震える声で言ったものの言葉にならない。

京次が麦湯を飲ませて落ち着かせると、男は両国東広小路で木綿問屋を営んでいる信濃屋の番頭で義助《ぎすけ》と名乗った。

「どうしたのだ」

源太郎は立ち上がった。義助は口をもごもごとさせ、まだ言葉にならない。京次が再び冷たい麦湯を飲ませてやっとのことで話せるようになった。

そして、

「旦那さまが、殺されております」

発せたれた言葉は大事件を告げるものであった。

「どこだ」

源太郎は事情を聞く前に、現場に駆け付けようと床机《しょうぎ》から立ち上がった。義助はこっちですと案内に立った。足がもつれ、つまずき、転びながらも前に進むことが義助の動転ぶりを物語っている。

気の毒になり京次が義助に肩を貸した。強い日差しに晒されながら往来を急ぐが、源太郎は大宮藩士殺し探索中止の鬱憤《うっぷん》から、目の前に降って湧いた殺しに身体が勇み立ち、暑気が払われていた。

俄然やる気満々になっている。

義助の案内でやって来たのは、信濃屋から五町ほど離れた、薬研堀にある一軒家であった。家に着いた時には義助も息を調えていた。玄関の格子戸を開ける前に義助は、

「ここは、旦那さまが」

と、言い辛そうにしていたが、

「囲っている女の家かい」

京次の問いかけに義助はうなずく。次いで、

「柳橋で芸者をしておりましたお紺という女でございます。旦那さまは一年前からここに住まわせておるのです」

と、言葉を添えた。

「お紺はいるのか」

源太郎の問いかけに義助は首を横に振り、まずは現場を確認してもらいたいと玄関に入った。途端に血の臭いが鼻についた。源太郎と京次が先に上がった。

上がってすぐの居間に年寄が倒れていた。畳に仰向《あおむ》けになり、かっと両目を見開いて肩先から斬られている。血だまりの中に横たわる八右衛門は凄惨極まりない様相であった。

「斬られていますね」

京次は覗き込んだ。

義助は目をそむけ、肩を震わせながら部屋の隅でへたり込んだ。背中越しに、亡骸を見つけた経緯を語り出す。

八右衛門は五年前に息子に店を譲って隠居した。三年前に妻に先立たれ、しばらくは一人で温泉巡りなどをする悠々自適《ゆうゆうじてき》の暮らしを送っていたが、一年前に柳橋の料理

屋の座敷に呼んだお紺を見初め、囲い者とした。

「昨晩はこちらには行く予定ではなかったのです」

義助が言うには昨晩は深川で木綿問屋の会合があったのだそうだ。こうした会合にはまだ隠居した八右衛門が顔を出すのが常であった。それが、木綿問屋の肝煎《きもい》りが病になって、取りやめになったという。

「旦那さまは、では、うちでのんびりと過ごすかと、夕餉を召し上がりましたところが、宵五つ（午後八時）になって、

「やっぱり、お紺の所に行ってくるとおっしゃいまして出かけていかれたのです」

八右衛門は出かけた。

「旦那さまは、こちらにいらっしゃる時はお泊りになり、明くる朝に帰ってこられました」

義助は昼になっても戻って来ないので心配になって、覗いたということだ。

「本当は今日がこちらに来る日取りでした」

八右衛門は月々の手当を持ってくるはずだったという。予定外の訪問は、一日前に持って行ってやろうという八右衛門なりの気づかいもあったようだ。

「手当はいかほどだ」

源太郎は下衆《げす》の勘ぐりとは思ったが、訊かないわけにはいかなかった。

義助は目を伏せ、

「三両ほどでございます」

「三両……」

京次は呆れたように口を半開きにした。

義助はおずおずと話を続けた。

「こんなことを訊いては気に障るかもしれぬが、八右衛門は吝嗇《りんしょく》であったのか」

「奉公人のわたしが旦那さまを悪く言うのはなんでございますが、旦那さまは、それはそれは財布の紐の硬いお人でございました」

隠居してからも、奉公人の給金は八右衛門が手渡し、金庫は息子には譲らず、出費に関しては一文単位で八右衛門が目を光らせていたそうだ。そんな八右衛門ゆえ、囲ったお紺にも贅沢はさせていなかった。

「そのせいでしょうか。お紺さんは、囲われてからも時折、お座敷に出て小遣いを稼いでいたようです」

義助はお紺に同情的であった。

八右衛門はお紺に悪い虫がつかないよう用心していた。同時にお紺の身を守ること

も考え、

「呼子《よぶこ》を持たせていたんです」

　義助が言うには、お紺は言い寄って来る男から身を守るため呼子を持ち、必要に応じて鳴らすよう八右衛門から言われたそうだ。実際、二度鳴らし、近くの番屋から町役人が駆けつけたことがあったという。

　やくざ者と浪人に言い寄られ、お紺は鳴らしたのだそうだ。

　それにしても、

「お紺はどうしたのだろうな」

　源太郎が部屋を見回すと、

「出て行ったんじゃないですか」

　京次が言った。

　なるほど、簞笥から着物がなくなっていること、八右衛門の着物に財布がないことから、お紺が出て行ったことを示している。

「お紺さんが旦那さまを……」

　義助はぶるぶると震えた。

「まだ決まったわけではないが、お紺が関わっていることは間違いあるまい。しかし、八右衛門を殺したのはお紺ではない。侍の仕業だ。お紺が懇意にしていた侍、心当たりはないか」

源太郎の問いかけに、

「一向にございません」

義助はきっぱりと否定した。

二

「お紺はどうした繋がりがあるのかはわからぬが、侍とこの家で過ごしていた。八右衛門が尋ねて来る予定ではなかったのをいいことに、その侍と過ごしていたのだろう」

源太郎は言った。

想像だが、お紺は八右衛門の吝嗇ぶりに不満を持っていたのではないか。懇意にしている侍と一夜を過ごしているところに八右衛門がやって来て、浮気現場に遭遇した。八右衛門は怒ったことだろう。

八右衛門とお紺は争いになり、侍が八右衛門を斬った。

推論に過ぎないが、見当外れではないのではないか。

「すると、侍を当たらなければなりませんね」

京次が近所の聞き込みを行うことを引き受けた。源太郎はお紺が呼ばれていたという料理屋に向かった。


来生とお紺は向島にある大宮藩下屋敷の番小屋にいた。来生は小袖に袴、武士のなりに着替えている。

「あんた、お侍だったんだね」

お紺は言った。

「おまえ、おれが怖くはないか、目の前で旦那を斬ったのだぞ」

来生は薄笑いを浮かべる。

「怖いさ。恐いけど感謝している。あの爺、ほんと、いけ好かない奴だった。斬ってくれて、あたしゃ、胸がすっとしたよ」

お紺は来生の胸に顔を埋めた。

「暑い」

来生はぶっきらぼうにお紺を離した。

次いで、

「申しておくが、おれが人を斬ったのはこれが初めてではない」

「なんとなくわかったさ。だって、とっても場慣れはしていたもの。あんた、あら、あんたなんて言っちゃあいけないね、来生さまだ」

「来生さまは堅苦しくていかんな」

「なら、菊さまってのはどうだい」

「好きに呼べ」

来生は鼻で笑った。

「これから、どうするのさ。本当に日光に連れて行ってくれるのかい」

「そうするか。江戸での仕事は終わったからな」

来生は言った。

そこへ、男が入って来た。

髪は真っ白だが、肌艶はよく目には力がある。

萬の文蔵だった。

「来生さん、余計な殺しをやりなさったね」

文蔵はちらっとお紺を見た。

お紺はそっぽを向いた。

「余計な殺しとは思わんぞ。この女はおれを助けてくれた。命の恩人のための殺しだ。従って余計な殺しではない」

文蔵は薄笑いを浮かべ、

「命の恩人とは驚きだ。大袈裟とは思いますが、爺を殺したことは咎めませんや。でもね、町方が嗅ぎ回るでしょうから、用心してくださいよ。ここは、西久保さまの下屋敷ですから、町方がやって来ることはないでしょうがね」

「大宮に帰るさ」

「そりゃいいんですがね」

文蔵はお紺を流し見た。いかにも目障りなように口をへの字に曲げる。

お紺は気を利かしたように、

「ちょいと、風に当たってくるよ」

番小屋から出て行った。

お紺がいなくなったところで文蔵が、

「大宮城下で嫌な動きがあるようですぜ」

「なんだ」

「西久保さまの御家中が城下の悪所を摘発しようと動き始めたんですよ」

「しかし、西久保家は我らのお蔭で潤《うるお》っておるのではないか。賭場、贋藩札、悪事の限りを尽くして金を稼ぎ、その稼ぎの内を家中にも流しておるだろう」

来生はなんの心配もなかろうと言い放った。

「そうでもねえんですよ」

文蔵は顔を歪める。

「どういうことだ」

「西久保さまの御家中のうち、血気盛んなお方がおられましてな。贋の藩札をばら撒いたことを許せぬとお腹立ちだとか。そのお方、ついでに悪所を掃除しようって馬鹿な考えを起こしたってことでしてね」

「そんな骨のある奴はおるまい。たとえおったとしても、沢村と本木を斬ったことで、怖気《おじけ》づくだろう」

来生は一笑に付した。

「ところが、そこが西久保家中のずるいところでしてね。ご自分たちの手を汚すことなくあっしらを潰そうって魂胆《こんたん》ですよ」

「どういうことだ」

「北町の腕利き同心を引き込んだそうです」

「北町の誰だ」

来生の脳裏には自分を追い詰めた一人の同心が思い浮かんだ。いかつい顔をした中年男、名前は確か蔵間源之助といった。

「ええっと、名前は確か……」

文蔵は記憶の糸を手繰《たぐ》るように天井を見上げた。

「蔵間ではないか」

来生が言うと、

「そう、蔵間だ」

文蔵は手で膝を打った。それから眉根を寄せ、

「来生さん、どうして蔵間を知っているんですよ」

「おれが、沢村と為吉、お君の口を塞いでやった時、蔵間が関わったのだ。沢村に言われ、佳乃とか申す女を迎えに行った」

来生はその後、佳乃の亭主雨宮順道の診療所で治療された経緯を語り、

「挙げ句に、一膳飯屋での殺しが沢村ではなくおれがやったことだと見抜きおった」

「腕利きとは聞きましたが、その看板に偽りはないようですな」

「みょうな予感がしたのだ。おれは、この男と因縁があるのではないかとな。そして、いつしか刃を交えるのではないかともな」

「なら、好都合ってもんだ。来生さん、蔵間を斬ってくださいよ。なに、北町の同心が大宮城下で斬られたって、あとは西久保家中の方がうまくやってくれますからね」

「斬ってやるさ」

「蔵間のことは来生さんに任せれば安心だ。だけど、あの女、どうするつもりですよ」

文蔵は目を凝らした。

「斬れと申すか」

「余計なのに付きまとわれたら、つまらねえことになりますぜ。いくら、命の恩人たって、その命の恩人が思わぬ落とし穴になるってことも考えられますからね」

「そうなったらそうなった時だ」

「まさか、あの女に惚れたんですか」

「女に惚れたことはない」

「そうでしょうね。あんたは、女から惚れられるお方だ。お父上と違って役者にしてえような男前ときてるんだから、そりゃもてるってのはわかりますがね、火遊びはしねえ方がいいや。いつまでもつきまとわれたら、お荷物になりますぜ」

「お紺のことには口を出すな」

来生がぴしゃりと言うと、文蔵は肩をそびやかし、

「わかりましたぜ。とにかく、蔵間の始末はきっちりとやってくんなせえよ」

駄賃だと五十両を置いた。

「蔵間を斬ったら、日光東照宮に行くぞ」

「日光へ。そりゃ、かまわえですが、ああ、そうですか、女と一緒ですか。確かに、日光の近くにはいい温泉もありますからね」

文蔵は薄笑いを浮かべ去って行った。

文蔵が出て行ってからお紺が戻ってきた。

お紺は心配そうな顔をしている。

「今の奴、やくざ者かい」

「だったらどうした」

「菊さまとは付き合いが古いのかい」

「まあな」

「何者かしらないけど、ろくな奴じゃないだろう」

「おれだってろくな男ではないぞ。何人も人を斬ってきたのだ。人の命を奪ってもなんとも思わぬ男だ。鬼か邪だな」

来生は声を放って笑った。

「あたしのことも斬るのかい」

お紺は真顔になっている。

「斬る理由がない。おれが斬るのは斬る理由がある場合だ」

「なら、あたしを殺すわけができたら斬るのかい」

お紺の目に涙が滲んだ。

「斬られたいか」

来生は無表情で問い返す。

お紺はじっと来生を見返し、

「あたしはね、町方に捕まったら八右衛門殺しで死罪になるだろうさ。死罪になるくらいなら、いっそ、菊さまに斬られた方がいいよ」

これには来生は返事をせず、

「日光に行けるぞ。今やって来たいけすかない奴が金をくれた。人殺しで得た金だ」

来生は五十両を示した。

「菊さまはあいつの頼みで殺しをやっているんだね」

「不満か」

「不満じゃないさ。誰からもらっても金は金だ。名前がついているわけじゃないもの。八右衛門の爺さんに囲われて金を貰うようになった時も、そう自分に言い聞かせたんだ。八右衛門だろうと、誰にもらおうと金に変わりはないってね」

お紺は言った。

「おまえ、面白い女だな」

「菊さまだって、おかしなお侍だよ。ねえ、あたしたちきっと深い縁で結ばれていたんだよ。出会うべくして出会ったのさ。神さまのお導きさ」

「引き合わせたのは神ではないだろう。鬼かもしれんぞ」

「鬼でも閻魔《えんま》さまでもいいさ。あたしゃ、菊さまとなら地獄にも行くよ」

お紺は来生に抱きついた。

三

源太郎と京次はお紺と侍の行方を追った。

しかし、二人の行方は知れない。それどころか、お紺と親しい侍の存在も浮上しない。お紺の男関係を洗うことにした。八右衛門に囲われてからはさすがに男関係を控えていたらしいが、一人の男が浮上した。

紋太《もんた》というやくざ者である。

両国東広小路の矢場の女の紐をやっていた。

源太郎と京次は矢場にやって来て、

「ちょいと、話を聞かせてくれ」

紋太に声をかける。脇に源太郎の姿を見、

「なんですよ。八丁堀の旦那にご厄介になることなんかやってませんぜ」

紋太はふて腐れたように返した。

「咎め立てようってんじゃねえんだ。ちょいと、お紺って女のことを訊きたいだけなんだ」

京次の口からお紺の名前が出ると、

「お紺とはもう切れましたぜ」

紋太は嫌な顔をした。

「お紺と親しかったんだな」

京次は構わずに問いを重ねる。

「だったらなんですよ。お紺は、木綿問屋の爺の囲われ者になってますよ」

「そのことは知っている。その木綿問屋の八右衛門だがな」

京次は源太郎を見る。源太郎がうなずく。京次は続けた。

「八右衛門だがな、殺されたよ」

さすがに紋太はぎょっとなった。

「まさか、それで、あっしんとこへ来たんですか。あっしがやったんじゃねえかって、冗談じゃやねえ。お紺とは切れているって言いましたでしょう」

紋太は額に汗を滲ませ捲《まく》し立てた。

「だから、おまえのことをお縄にしに来たんじゃないんだよ」

京次が念押ししても、紋太の不安は去りそうにない。そわそわとし滝のような汗をかいた。

「お紺の仕業なんですか」

紋太はおそるおそる訊いてきた。

「お紺の仕業じゃないんだ。八右衛門は刀で斬られていたからな」

「ってことは侍の仕業ですか」

「そういうことになる。お紺が懇意にしている侍に心当たりはないか」

「侍ねえ……」

紋太は少しだけ考えてから思い当たらないと首を横に振った。それでも何か思い出したのか口を開いた。

「お紺って女は一人の男に尽くすってことはありませんよ。あっしと暮らしていた時も気に入った男がいたら家に引っ張り込んだり、船宿にしけ込んだりしてましたからね。尻の軽い女でね。あっしと揉めたのも一度や二度じゃございませんや」

「その中に侍はいなかったのかい」

「いないと思いますね」

「おまえが、知らないだけではないのか」

「そうかもしれませんがね、いつかお紺は言っていましたよ。あたしゃ、侍だけは嫌だって」

お紺はお座敷に呼ばれて様々な客を相手に三味線やら酌やらして芸者仕事をしてきたが侍のお座敷だけは出たがらなかったそうだ。侍はとかく威張りたがり、そのくせ払いは悪い。

「威張ってばかりで、始末に負えないって侍のことを毛嫌いしていましたよ」

紋太は言った。

「すると、侍を家に引っ張り込むなどということはあり得ぬのだな」

源太郎が問いかける。

「金輪際《こんりんざい》ないと思いますね」

紋太は自分が疑われているのではないとわかったせいか、自信たっぷりに答えた。

八右衛門殺しは侍の仕業ではないのだろうか。

いや、そんなことはない。八右衛門は刀で斬られていた。しかも、相当な腕である。

紋太が続けた。

「お紺好みの男ってのはね、あいつは面食いなんですよ」

「面食い」

源太郎が首を傾げると、

「まあ、こちらの親分さんのように役者のような男ぶりのいいのに惚れるんですよ」

紋太に言われ京次は苦笑を浮かべた。

「そんな尻の軽いお紺ですからね。木綿問屋の爺さんで満足なんかするわけねえですよ。お駄賃をもらいながら、旦那の目を盗んで目をつけた男と楽しんだって不思議じゃござんせんぜ。ただ、侍ってことはねえと思いますよ」

かつて一緒に暮らしていたという紋太の言葉だけに真実味がある。

「わかった。よく話してくれたな」

源太郎が京次に目くばせをした。京次は紋太にすまなかったなと一朱《しゅ》を渡した。

「すいませんね。何か耳にしたらお報せしますんで」

紋太は愛想笑いを送ってきた。


紋太と別れてから源太郎と京次がお紺と侍の線を考え直した。

「お紺、侍に無理やり家に押し入られたんじゃありませんかね」

「そんなことをする侍がいるか」

「金目当て、あるいは、お紺の身体目当て、両方目当ての浪人者ってことも考えられますよ」

「お紺は呼子を持っていたそうじゃないか。八右衛門が心配して持たせていた」

源太郎は番頭義助の話を思い出した。

八右衛門はお紺に執着すること一通りではなかった。自分の歳を考え、お紺の若さを考え、そして何よりお紺が男好きのする女であることを考えて、余計な虫がつかないように神経をとがらせていた。それで、妙な男が近づいてきたら、呼子を鳴らすよう与えていたのだ。

　京次が、

「そうでしたね。お紺の家の近くの番屋で二度ばかりお紺が呼子を鳴らして駆け付けたことがあるって言っていましたね」

　過去二度、お紺は呼子を鳴らしたそうだ。一度はやくざ者、一度は浪人に襲われそうになったのだという。

「してみると、もし浪人が脅してお紺の家に入ったのなら、呼子が鳴ったかもしれんな。だから、無理やりということは考えにくい。それに、お紺の家は片付いていた。乱れた様子はなかった。ということは、自分の気に入らない男を家に入れたのではない。気に入った男を家に入れた。その男はお紺好みであったに違いない」

　源太郎はここまでを整理した。

「ということは、どういうことですかね」

　京次は真顔になった。

「一見して、侍ではない。そして、お紺好みの男。しかし、その男は侍のように刀を使えるとしたら」

　源太郎はここで言葉を止めた。

「行商人……」

　京次が呟いた。

「亀屋で殺しを行った行商人、大宮藩士本木正作殺しの現場で目撃された男、
　名は確か彦六と申したが、おそらくは偽名だろう」

「いかにも彦六なら条件がぴったりと合いますね」

「決めつけられんが」

　源太郎ははやる気持ちを抑えた。

「でも、どうして彦六がお紺と」

「考えられることは、彦六をお紺が見初めたということだ」

「八右衛門が来ない晩に町で見かけた彦六と楽しもうと自分の家に引き込んだというわけですね」

「おそらくはそんなところだろう。彦六は怪我をしていた。その怪我を負ったまま姿をくらましたのだ」

　彦六は怪我をしているにもかかわらず、医者に立ち寄った形跡はない。旅籠にも寄ってはいなかった。どこかの神社や寺で野宿をしていたとも考えられたが、お紺の家に匿われていたとしたら、彦六の足取りがつかめなかったのも無理はない。

両者の条件は一致する。

「どうしましょう」

京次は困った顔をした。京次の言いたいことはわかる。彦六は大宮藩が追っているのだ。町奉行所の手出しはできない。

「このまま見過ごしにはできん。彦六は八右衛門を殺した。町人を殺しておいて、それを見過ごしたとあれば、八丁堀同心の名折れというものだ」

源太郎は言ったが、果たしてどうしたものかという気がする。これが父ならば、大宮藩邸に掛け合いに行くのかもしれない。

「ひょっとして、既に大宮藩が捕縛をしているんじゃないですかね」

「そう都合よくはいかないだろう。それにな、嫌な予感がする」

「どんな予感ですよ」

「彦六のこと、大宮藩は追っていないのではないか。いや、むしろ、捕まることを恐れているのではないか」

「まさか、そんなこと」

京次はかぶりを振ったが、それも束の間のことでよくよく思案するように腕を組んだ。

「あり得るかもしれませんね。捕まるのがやばいから、町方の介入を嫌がったのかもしれませんや」

「下手人がわかっていながら追うことができんとは悔しい」

源太郎は自分の無力を責めた。

四

源太郎は奉行所に戻ると同心詰所で縁台に腰かけ牧村新之助と向かい合った。

「どうした、疲れた顔をして」

新之助は一杯飲むかと誘ってきたが源太郎は静かに首を横に振った。

「木綿問屋の隠居殺し、下手人の行方が摑めぬのか」

「真逆です」

源太郎は探索を続け、彦六という行商人に行き当たったことを話した。

「木綿問屋の隠居殺し、下手人は彦六で間違いないのか」

「証はありませんが、わたしは彦六が下手人であると確信しています」

源太郎の揺るぎない自信に、新之助はうなずく。

「よし、大宮藩邸に掛け合いに行こう」

新之助は言った。

「よろしいのですか」

源太郎が俄然力がみなぎった。

するとそこに、

「邪魔するぞ」

矢作兵庫助が入って来た。

矢作は右手を上げ、源太郎と新之助に挨拶をした。それから、源太郎の隣にどっかと腰かけ暑いなと手巾で首を拭う
「行商人彦六の行方、さっぱりだな」

矢作が嘆くと源太郎が、

「兄上、彦六を追っておられるのですか」

「ああそうだ」

矢作は当然のように答える。源太郎は新之助と顔を見合わせてから、

「南町には大宮藩から申し入れがなかったのですか。彦六は大宮藩が捕縛するゆえ、町方は手出しを差し控えるべしと」

「ああ。そんな申し入れがあったみたいだな」

矢作らしい大胆さである。源太郎も新之助も呆れたように口を開けたがどちらからともなく噴き出した。

「兄上らしいですね」

「褒め言葉と受け取っておくが、ところが肝心の彦六の行方がさっぱりだ。大宮藩の藩士を斬ったってことまでは聞いたがな、その後の足取りがつかめない。でもな、これがとんだ事態になってな」

矢作は一膳飯屋の為吉、お君の夫婦が大宮藩の領民であったこと、そして、贋の藩札を刷る版木を持っていたことを語った。

源太郎は驚きの顔をし、

「すると、彦六は最初から沢村と為吉、お君夫婦を殺そうと狙っていたということですね」

源太郎の言葉を受け継いで、

「つまり、口封じ。ということは贋の藩札が表に出ては都合が悪い。すなわち、大宮藩によって口封じがなされたということか」

新之助が言った。

「そういうことだ」

矢作が答える。

源太郎が、

「彦六は大宮藩が放った刺客ということですね。それなら、大宮藩が彦六を追うことを嫌がるはずですね」

「まったくだ」

新之助も悔し気に応じる。

「なら、我ら町方は江戸市中で起きた殺しを見過ごすことになるんですよ。八右衛門殺しだって彦六の仕業かもしれないんです」

源太郎の言葉に矢作はおやっという顔になった。源太郎が八右衛門殺しについて説明した。

「舐《な》められたものだな」

矢作は鼻で笑った。

「一緒にこれから大宮藩邸に掛け合いに行きましょう」

源太郎は勇んだ。

「そんなことをしたって無駄だ」

矢作は右手をひらひらと振った。

「兄上らしくもない。やらないうちから諦めるのですか」

「血の気が多いな。ま、それはおれも言えた義理ではないがな。そんな必要はない。というのはな、そもそも、亀屋の夫婦を調べたのは親父殿の依頼を受けたからなんだ」

矢作は亀屋探索の経緯を語った。

「やはり、父は大宮城下へ向かったのですか」

「とっかかりは直参大河原左近将監さまからの御依頼だそうだが。ともかく、親父殿は大宮藩内のさるお方から影御用を依頼されたそうだ。大宮城下に巣食う悪所の大掃除をな。その悪所の要《かなめ》を担うのが彦六ということだ。だから、ここは親父殿に任せよう。親父殿ならな、敵にひるむこともなく掃除をまっとうしてくれるさ」

「それはそうですな」

新之助は賛同した。

その頃、来生とお紺は両国東広小路の盛り場を散策していた。白昼堂々、大胆な振る舞いである。さすがに、来生は手配中の行商人の格好ではなく、武家姿、菅笠を被り、お紺も武家風に髪を結っていた。しおらしく来生の斜め後ろを歩く。

雑踏に埋没し、これでは手配の行商人彦六とは思われないだろう。

「うれしいね。菊さまと盛り場を歩けるなんてさ」

お紺が言うと、

「こら、言葉使いに気をつけろ」

来生に注意され、

「うれしゅうござりますわ」

お紺は楽し気に言葉遣いを改めた。

二人は雑踏に身を委《ゆだ》ね、屋台の西瓜《すいか》を食べたり、床見世に入って心太《ところてん》を食べたりした。そのうちに、

「弓でもやりませんか」

お紺は矢場を見つけた。

「弓か」

来生は苦笑を漏らした。

「いいじゃないのさ」

来生に寄りかかりお紺は甘えた。

「わかった」

来生はいやいやながら矢場に入ると女から弓を受け取った。来生はろくに狙いを定めもせずに的に向かって矢を射かける。見事命中して太鼓が打ち鳴らされる。

来生は久しぶりにうれしくなった。こんな些細な遊び事が妙にうれしい。まさしく、生きていることの喜びを感じてしまう。無邪気になれた。人を斬るという陰惨な毎日に味わう束の間の平穏といえるのかもしれない。

来生が弓に夢中になっているのをお紺はうれしげに見ていた。矢場が用意してくれた冷たい麦湯を飲んでいると、

「お紺じゃねえか」

と、背中で声がした。

ぞくっとなって振り返る。

「紋さん」

小さな悲鳴を漏らした。

「ちょっと会わねえうちに、前にも増して色っぽくなったな」

紋太は舐めるようにお紺に視線を這わせた。

「なんだ、その格好。それに連れはよう。侍じゃねえか。おめえ、大の侍嫌いじゃやな

かったのかい」

「ちょいと、わけありさ」

お紺は横を向いた。

「そのわけ、聞きたいもんだな」

「余計なお世話だよ」

お紺は突っぱねた。

「そう突っ張るなよ。おめえ、木綿問屋の旦那はどうしたんだ」

「店だろうさ」

「店だって。こいつは笑わしてくれるぜ。いくら夏だってな、幽霊が店番なんかしねえぜ。旦那、殺されたっていうじゃねえか。しかも、侍に斬られたんだってな」

紋太は来生の背中に視線を移した。それから、思わせぶりな笑顔を浮かべ右手を差し出す。

「なんだい」

お紺は出された手をぴしゃりとはたいた。紋太は顔を近づけてきた。

「おい、舐めてるんじゃねえぞ。今日、北町がやって来たんだ。おめえらを血眼《ちまなこ》になって追ってるぜ。おらあ、お上《かみ》にお恐れながらと訴え出てもいいんだぜ。それとも、ここで騒ごうか」

「強請《ゆす》ろうってのかい」

「そうさ。強請りだ」

紋太は開き直った。

「いくら欲しいんだい」

「五十両で勘弁してやるぜ」

紋太は言った。

「相変わらず欲張りだね、でも、今はないよ」

「なら、用意しな」

「わかったよ」

お紺は紋太から離れた。そっと来生の近くまで歩み寄る。それから背中を指でつついた。来生が振り向く。お紺は紋太に揺すられたことを話した。

「あたしが悪いんだ。あたしが、盛り場を歩きたいなんて言うからあんな奴に見つかっちまって」

お紺は嘆いた。

「気にするな。あんな虫けらなんぞ、何ほどのことはない」

来生は平然と答えた。

「どうしよう」

「今晩届けると言え」

「本当にいいのかい」

「任せろ」

来生に言われ、お紺は紋太の方に引き返した。

五

その日の夜、お紺は両国東小路にある矢場にやって来た。既に、矢場は仕舞われているがこの時節、夜店は幕府公認である。花火が打ち上がる中、大川の川端には床見世が軒を連ね賑わっている。矢場は無人であったが板壁に貼り紙があった。

薬研堀稲荷で待つ。

とだけ記してあった。

お紺は舌打ちをしながら大川端を歩き、薬研堀稲荷へと向かった。人々の雑踏を縫う。花火に映るみなの顔は楽しげだ。

みなが空を見上げる中、一人お紺だけはうつむき加減に進むのがみじめだ。薬研堀に至ると稲荷の鳥居を潜る。

ひっそりとした境内は大川端の賑わいとは別世界だ。

花火に浮かぶ境内の祠《ほこら》はひどくみすぼらしい。その前に紋太が立っていた。

「待ってたぜ」

紋太はほくそ笑む。

「あんたさ、一年前に八右衛門の爺さんからさ、手切れ金三十両をせしめたじゃないか。その上、五十両欲しいだなんて虫が良すぎるんじゃないかね」

お紺は言った。

「これはな、おれの手切れ金じゃねえんだ。おめえが、八右衛門の爺さんと真の手切れになるための手切れ金だ。ありがたく思え」

「勝手な男だね」

お紺は地べたの唾を吐いた。

「つべこべ言うな。五十両、出してもらおうじゃねえか」

「その前に、二度と強請らないって保証はあるのかい」

「書付でも欲しいっていうのか」

「あんたの証文じゃ紙切れ同然かね。おおっと、あんた字が書けなかったんだ」

お紺は薄笑いを浮かべた。

「うるせえ」

紋太は迫ってきた。

「ふん、受け取るがいいさ」

お紺は袱紗包みを紋太に投げつけた。紋太の胸にぶつかり地べたに落ちる。袱紗が開くと、そこから石が出てきた。

「てめえ、舐めやがって」

紋太が怒りの声を上げる。

鳥居から来生がやって来た。紋太はそれを見て、

「やっぱりな。おいでなすったか」

「よく来てくれたね」

お紺は来生に向かって笑顔を向けた。

「そうくると思ってよ」

紋太は闇に向かって声を放った。祠の裏手からざわざわとした動きが聞こえ、どやどやと男たちが出て来た。みるからにやくざ者である。その数十人はいようか。

「汚いよ」

お紺が喚く。

「汚いもなにもないぜ。いいか、お侍。お紺は連れて行くぜ。だから、金を持ってきな。百両だ。素直に持ってくれれば五十両ですませてやったが、勘弁ならねえ」

紋太はお紺に詰め寄ろうとした。

「菊さま、逃げて」

お紺は叫んだ。

その間にもやくざ者は匕首や長脇差を手に来生の周りを取り巻いた。

「みな、喧嘩慣れしてるんだ。侍だからってな、怖くねえ。人斬り包丁なんざ、棒切れにしか見えねえって連中だぜ。おれの親切を受け入れて百両、工面してくるんだな。明日の昼まで待ってやるよ。矢場に持ってきな」

紋太は勝ち誇った。

「菊さま」

お紺の声が悲痛に裏返った。

ところが来生は紋太を見据えたまま、

「命が惜しくば、二度と我らの前に顔を見せるな」

まったく動じていない。

「お侍、あんた、気は確かか」

紋太は呆れるように言い放った。

それには答えず来生は大刀を抜いた。花火に照らされた刀身が煌めきを放つ。

「やっちまえ」

紋太の顔に怯えが走った。

やくざ者が匕首や長脇差を抜いて来生に向けた。来生は平然と身を屈めた。

と、次の瞬間には頭を低くしたまま風のように走り、右手の敵に対する。敵は怒鳴り声を上げながら匕首を向けてきたが、来生の手は目にも止まらない。

刀身が流星のように流れ、三人の胴が斬られ、地べたに突っ伏した。

間髪《かんはつ》容《い》れず、背後の敵に振り向きもせず、大刀を横に払った。敵が三人ばったばったと倒れる。

あっと言う間に六人が倒された。

残りの男たちは浮足立った。

「ふふふふ」

来生は不気味な笑い声を放ち残る敵に向かう。一人が逃げ出そうと背中を向けた。

来生は風のように追いすがり背中を刺した。

切っ先が男の腹から突き出た。

来生は串刺しにした男を大刀で持ち上げ、紋太に向かって投げつけた。

紋太は男の下敷きとなった。

残る三人は戦意を喪失し、武器を捨てて許しを請うたが、

「死ぬしかあるまい」

来生は乾いた声を放つと、三人を袈裟懸けに斬って捨てた。

「助けてくれ」

紋太は男の下敷きとなって動くことができないが必死で手足を動かす。まるで、ゴキブリのようだ。

来生は無表情のまま近づく。紋太は顔を引き攣《つ》らせ、

「もう、二度とあんたらの前には顔を出さない。なあ、誓う。絶対だ」

声を振り絞って懇願した。

来生はまるで耳に入らないように紋太を見下ろすと刀の柄を持ち替えた。切っ先を真っ直ぐ下に向ける。

次いで、紋太の上で絶命している男の背中目がけて突き下ろした。切っ先が背中を

突き抜け紋太の胸板をも貫く。

「ぐええ」

紋太が断末魔《だんまつま》の悲鳴を上げた。やがて、口からごぼごぼと血を溢れさせ、ぐったりとなった。

来生は紋太の顔を左足で踏みながら刀を引き抜くと懐紙で血糊《ちのり》を拭って鞘に納めた。

祠の影に隠れていたお紺が飛び出して来た。紋太たちの惨状を目《ま》の当たりにして恐怖に身をすくませたが、

「菊さま、あたしのせいで無益な殺生をさせちまってすまないね」

来生は無表情に、

「おまえのお蔭で無益な殺生ができた。感謝する」

お紺は言葉を返せない。

「有益な殺生などというものはこの世にありはしない」

来生は言葉を添えた。

「そりゃそうかもしれないけど」

「それよりも、見た通り、これがおれの本性だ。それでも、おれについて来るか」

「もちろんだとも。あたしゃ、あんたに惚れ直したさ。一緒に地獄に行こうって言っ

ただろう」

お紺は来生の胸に飛び込んだ。来生はお紺を離し、

「見よ」

と、夜空を見上げた。

お紺も夜空を見上げる。

「きれいだね」

二人は花火を見上げていた。


明くる十五日、両国界隈は騒然となった。薬研堀稲荷で十一人ものやくざ者が斬殺されていたのである。

その中の一人が紋太であることから、源太郎と京次は現場を検分した。

「凄まじい、腕ですね」

京次は舌を巻いた。源太郎とても、こんな凄惨な現場を見たのは初めてだ。源
「紋太の野郎、ひょっとして彦六に会ったのかもしれませんね」

京次が言った。

「まず、彦六の仕業と考えて間違いないだろう」

「だとしましたら、彦六、とんでもない男ですぜ。この先、どれだけ屍《しかばね》の山を築くことやら」

京次は真夏の最中に鳥肌が立ったと身をすくませた。

「その心配はない」

源太郎の言葉に京次はおやっとなった。

「実はな」

源太郎は矢作からもたらされた情報を元に彦六が大宮藩から向けられた刺客であることを語った。

「彦六は大宮に帰る。指を咥《くわ》えて見ているようでいい気はしないが、それでも、これ以上は江戸での殺生はすまい。それに、大宮には父が待っていよう」

「蔵間さまなら彦六を退治してくださるでしょうがね、あっしはどうも納得できませんや」

「それはおれも同じだ」

源太郎も厳しい顔をした。

「そうですよね。なんだか、舞台は江戸なのに、台本は大宮で書かれているような気がしますぜ」

京次は遠くを見るように目を細めた。

第五章　月下の決着

一

源之助は三輪田村の陣屋にあって小日向と向かい合っていた。

源之助はあれから、小日向を問い詰めた。

殺された三人が大宮城下に通っていたのは、青物の売買ばかりではなく博打であったことを小日向は隠していたのだ。隠していたことを責め立てると小日向はしゅんとなってしまった。確かにこの村には娯楽はない。せいぜい、村祭りくらいで、縄暖簾は二軒あるが、女郎屋はなかった。

「ですから、殿も大目に見ておられたのです。働き盛りの男たち、血気盛んな男たちも村にはおります。欲望の吐け口というものは必要だと」

小日向は盛んに言い訳をした。

「わたしは、賭場通いをしていたことを咎めておるのではござらん。何故、そのことをもっと早く教えてくれなかったのかを申しておるのです」

それならば、最初から大宮城下にこそ殺された原因があったと狙いをつけたのである。

「それでは、三輪田村には来ていただけぬと思ったのです」

小日向はしどろもどろとなった。

最初から大宮藩絡みということを伝えれば、源之助が役目を引き受けてくれないものと心配したということだ。

「今後は腹を割ってくだされ」

「申し訳ない」

小日向は両手をついた。

「ですから、謝るのはもうよしてくだされ。今更、ここから去るわけにもいかぬのです」

小日向は安心したのか顔を上げ、

「実は大宮藩の悪所につきましては、当家もはなはだ手を焼いておったのです」

小日向をはじめ大河原家の面々は西久保家を慮《おもんぱか》って大宮城下の悪所に手出しができなかったのだ。

実に情けない話である。

大河原家は西久保家の威勢を恐れ、西久保家中は西久保家上層部の顔色を窺い、自分たちに降りかかる火の粉を払おうとすらできない。

八丁堀同心、将軍にお目見えを許されない不浄役人に悪党退治を託すとは。

嫌気が差したが、引き受けたからには逃げはしない。逃げてはそれこそ八丁堀同心の名折れである。それに、矢作の文で来生菊乃丞が数多くの人命を奪っていることはわかった以上、どんな経緯であれ、来生を放ってはおけない。

「さて、これからのことです。今、悪所の最も手ごわい男、来生菊乃丞は江戸からこちらに向かっております」

「はい」

小日向はうなずく。

「わたしは、このまま大宮城下に入れてしまっては厄介であると思います」

「なるほど」

小日向もうなずく。

「ならば、三輪田村にて始末をするのがよろしかろうと思うのですが」

源之助が言うと、

「そ、それはまずい」

小日向はたちまちにして及び腰となった。

源之助はいかつい顔で睨み据えた。

「あ、いや、その、悪党どもが三輪田領内に入ることはないのではござらんか」

小日向は言い訳した。

「それは工夫次第でござろう」

源之助は表情を和らげた。

「と、申されますと」

小日向は警戒心をわずかに緩めた。

「これには、大宮藩の手助けも必要となりますが」

「それは当然でござりましょう」

小日向は自分たちが全てを背負うことを理不尽と思っているのか言葉の調子が強くなった。

「策は大宮藩勘定奉行青沼殿とも一緒に練るのが順当と存ずる」

「そう思い、青沼殿をお呼び致しました」

「ずいぶんと手回しがようござるな」

自分抜きで話が進んだことに不満そうだが、源之助に見返されると口をつぐんだ。

そこへ、

「御免」

と、青沼の声が聞こえた。

小日向が入るよう声をかけると、いつものように毅然と背筋を伸ばして歩いて来て、源之助と小日向の前に座る。

「小日向殿、共に萬の文蔵一味を成敗しようではござらんか」

青沼から申し出られ、小日向はぺこりと頭を下げた。

「来生菊乃丞は文蔵一味と共に、明日の夕方には大宮へ入ります。蔵間殿の策により、わが城下には入れず三輪田村で討ち取ることとする」

青沼は言った。

「しかし、どうやって三輪田村に一味を誘い込むのでござりますか」

小日向は半信半疑の様子である。

青沼は懐中から絵図面を取り出して畳に広げた。大宮藩領と三輪田村を描いた絵図である。中山道大宮宿から三輪田村への様子が事細かに描いてある。

「ここでござる」

青沼は三輪田村と大宮城下への分岐点を指さした。そこには小高い山がある。

小日向は覗き込む。青沼は平然たる面持ちで、

「この分岐点、崖崩れとなり申す」

その意味するところは当然ながら小日向にも通じて、

「岩で塞ぐのでござるな。しかし、そうなりますとかなり大掛かりな作業が必要となりますぞ」

小日向は案じたが、

「その点は抜かりはござらん」

青沼は既にその作業は大宮藩が領内の農民を使って道は塞いだのだそうだ。

「分岐点が塞がれたとなりますと、当然のこと、三輪田村を縦断するのが城下への近道となりますな」

青沼は絵図面を指で辿る。

「しかし、三輪田村は御存じのごとく、半時も歩けば通り過ぎてしまいますぞ」

小日向が懸念を示す。

源之助はそれには答えず、

「文蔵一味はどれくらいの人数でしょうな」

青沼は絵図面から顔を上げることなく、

「荷を引く者もいれたら三十人くらいになりましょうが、手下はざっと二十人くらいですな。来生菊乃丞の腕は特別としましても、いずれも喧嘩慣れした連中ばかりです」

小日向は目を白黒とさせた。

「その連中を一網打尽にするのですな」

源之助が言った。

「いかにも」

青沼は眦《まなじり》を決することでその決意を示した。

「三輪田村ではとてものこと大捕物などはできぬと存じます」

小日向は心配の度合いを深めた。

小日向の懸念は無理もない。文蔵一味を一人残らず捕縛するか、斬るとなるとよほどの人数を必要とする。四半時ほどで走り抜けてしまうのだからなおさらである。

「そこで」

青沼は書付を取り出し小日向に見せる。小日向は一瞥するや額に汗を滲ませた。

大宮城下、文蔵の賭場に出入りしている三輪田村の村人の名が書き記されてあった。

小日向は困った顔となる。

「最早、引くことできませんぞ」

青沼は続けた。

「引く気はござらんが、一体、どうすればよろしいのですか」

小日向は途方に暮れた。

「明後日から三輪田神社で夏祭りが催されますな。三輪田神社に文蔵を呼び寄せ、賭場を開いてくれと持ち掛けるのです」

青沼の提案に源之助が、

「少々、強引であろうともやってもらうしかござらん」

源之助と青沼に決断を迫られ、

「わかりました。なんとかやりましょう」

小日向は汗だくとなった。

「となれば、村人を集めてくだされ」

「ですが、村人にこれ以上の犠牲を強《し》いるようなことはありませんな」

小日向はそれが心配だと不安な様子を明らかにした。

「お任せくだされ。そのためにわたしが影御用を引き受けたのですぞ」

「蔵間殿が申されるように、我らも覚悟の上乗り込んでまいります」

青沼に言われ、

「承知しました」

小日向もようやくのことで承知した。

二

文蔵一行は中山道を進んだ。

旅芸人の一座を偽装している。幟《のぼり》を立て、大宮の文蔵一座と記してあった。荷車には衣装や芝居の道具に混じって、大宮藩の贋藩札や表沙汰にはできない品々が多数あった。

大八車にはお紺が乗っている。派手な小袖に裃《かみしも》を重ね、笑顔を振りまく姿は一座の花形役者のようだ。板橋宿で一休みをした。

宿場の寺に入り、境内にある茶店で休んだ。

来生は文蔵に呼ばれた。

「あんた、派手にやってくれたもんだな」

文蔵は薬研堀稲荷での斬殺を咎めた。

「ふん」

来生は横を向く。

「原因はあの女だろう。いい加減に熱を冷ました方が身のためだ」

文蔵は厳しい口調になった。

自分でも思いがけないのだが、初めて自分の意志で人を斬ったのは八右衛門、続いてやくざ者たちで、いずれもお紺が関係している。これまでは、文蔵の依頼のままに人斬りを繰り返してきたのだ。

「しかし、お紺のお蔭で怪しまれずに旅芸人一座を気取って旅ができるではないか」

来生は言った。

「ま、そのことには感謝しますよ。でもね、この先、あの女が災いの種となるような気がしてなりませんや」

文蔵の不安を物語るかのようにお紺は文蔵の手下たちにかしずかれ、笑顔で応対をしていた。

いかにも不穏な空気をはらんでいそうである。

「それでね、来生さん」

文蔵は白い歯をむき出しにした。

来生は背中に虫唾《むしず》が走る。

横を向くと酒を飲んだ。

「やってくれ」

文蔵は来生の背中で囁いた。

やってくれがお紺を殺せということを意味することは明らかだ。

「断る」

来生は右手を掃った。

文蔵が苦笑を浮かべる。

「おれに代わって、手下どもにやらせるか」

「ずいぶんと惚れたことだね。来生さん、あんたどうかしてしまったんだい。これまでのあんたは、女から惚れられることはあっても、惚れたことはなかったお人ですぜ」

文蔵は解《げ》せないと何度も繰り返した。

「勝手に申せ」

来生は鼻を鳴らした。

文蔵はしげしげとお紺を見てしばし思案していたが、

「そんなにいい女かな。どこに惚れたんですよ」

「わからん」

「わからんてことはねえでしょう。おれの目には大して別嬪《べっぴん》には見えねえけど、そりゃ蓼《たで》食う虫も好き好きだ。来生さん好みかもしれねえし……。そうか、あっちの方か。身体の相性ってやつは当人同士にしかわからねえもんだからな」

文蔵は下卑た笑いを放った。

来生は相手にすることなく冷たい笑いを贈るに留めた。

「でもな、あんた、あの女は相当にしたたかだぜ。魔性の女ってやつだ。あの女には魔物がついているさ。来生さん、あの女のお蔭で十人の男を斬っただろう」

「十一人だ、いや、木綿問屋の隠居も入れれば十二人だな」

来生は平然と訂正した。

文蔵は肩をそびやかした。

「おれなら絶対に近づきたくない女だね」

「文蔵、そんなことを言いに来たのか」

来生は鬱陶しそうに団扇をばたばたと仰いだ。

「いや、そうじゃねえんで」

文蔵は声を潜めた。表情を厳しくしたことで、何か問題が起きたことを物語っていた。

「今、大宮城下はまずそうなんですよ」

「取り締まりが厳しくなっておるのか」

「そういうこってすよ。この前も話しましたようにね、血気盛んなお方があっしたちのことを摘発するなんて息巻いているようで」

「そんなこと、おれの知ったことではない」

来生は言った。

文蔵は不満そうに、

「そういうわけにはいかねえ。あんたも一蓮托生《いちれんたくしょう》ってもんだ。青沼って勘定奉行、なかなかのやり手って評判だ。取り込めないことはねえと思うが、用心してかからねえとな。しかし、大宮城下で賭場を開けねえのは痛いぜ。どっか代わりの城下か宿場で開帳したいところなんだが、中山道沿いに適当な所はねえしな。困ったもんだ。西久保さまのお偉いさんに賂《まいない》を贈って城下の取り締まりを緩くしてもらうつもりだが、その間、どこかで賭場を開きたいところだ」

文蔵はそんな時に女にうつつを抜かすなと言いたいようだ。

「なら、三輪田村でいいではないか」

来生はさらりと言ってのけた。文蔵は顔をしかめ、

「三輪田村は直参大河原左近将監の領地ですぜ」

「かまわんだろう。三輪田村には大きな神社がある。村の鎮守、三輪田神社だ。三輪田神社で賭場を開いたらどうだ」

「いきなり、賭場を開かせろたって三輪田村の陣屋は承知しねえさ」

「せっかく、旅芸人一座を装っているのだぞ。芝居興行を打たせてくれと持ち掛けたらどうだ」

「お紺は芝居をできるんですか」

文蔵は小馬鹿にしたように笑った。

「三味線はひけるが芝居は無理だな」

「じゃ、どうするんですよ。話にならないじゃありませんか」

「興行を打つというだけでいいではないか。村人の中にはおまえの賭場に出入りして

いる者もいる。中には悪さをした者もあった。贋の藩札を掴まされ江戸に訴えに行くと喚《わめ》いた奴もいた。何もまともな芝居なんぞしなくても、賭場を開帳すればいいじゃないか」

「そりゃいいかもしれねえ。やりようによっちゃあ、三輪田村もおれの縄張りにできるってもんだ」

文蔵は俄然やる気になった。

「欲の臭いには敏感だな」

来生は言った。

「そうなると、三輪田村を通る口実が欲しいところですな」

文蔵は思案した。

「その辺のことはおまえに任せる」

来生がごろんと縁台に寝そべった。文蔵は立ち上がって出て行った。入れ替わるようにしてお紺が戻って来た。

「あいつ、やっぱり感じ悪いね」

お紺は文蔵の背中を目で追った。

「そうだ。感じの悪い男だ」

「なら、どうしてあんな男に従っているのさ」

お紺は不満そうに鼻を鳴らした。

「従ってはおらん」

「だって、菊さまは用心棒なんだろう」

「そうだがな」

「じゃあ、従っているんじゃないのさ」

「そうか。ま、楽だからな」

「菊さまらしいね」

お紺は呆れかえったように言った。

「決していい男ではないがな」

「ならさ、斬ってしまったら」

お紺は囁いた。

来生ははっとしてお紺を見返した。

お紺の目がきらきらと輝きを放っている。

「あいつを斬ってどうするんだ」

「菊さまが親分になればいいじゃないのさ」

「面倒だな」

「なら、結構なお金があるからさ、それを持って旅をしようよ」

「旅か。悪くはないが、いずれ捕まるぞ。いくら人を斬っても、大宮藩のためになっている限りは大宮藩が守ってくれる。しかし、大宮領内から外に出ればたちまちにして追手がかかるぞ」

来生は珍しく真剣な面持ちで返した。

「菊さまも死ぬのは怖いのかい。あたしゃ、菊さまとだったら、磔《はりつけ》になったっていいさ」

お紺は妖艶な笑みを浮かべた。

来生はお紺と出会ったことで自分がわけもなく変わっていることに気付いた。この女、文蔵が言うように魔性の女ではないか。お紺によって破滅してしまうかもしれない。

やはり、斬るべきか。

しかし、斬るには躊躇《ためら》いがある。この女に惚れたからではない。

離れられない。

身体の繋がりもあろう。だが、それだけではない。自分の身体の奥底に眠っていた本能を呼び覚まさせてくれた。

自分の本性を露《あら》わにしてくれた。

この女と自分は似ているのかもしれない。破滅に向かって突き進む。いや、破滅したいという願望を秘めているのだ。

その秘められたものが、お紺によって引き出されたと言ってもいいだろう。

ならばこの女と一緒に滅びの道を行くか。

「どうしたのさ、怖い顔をして」

「おれと一緒に地獄へ行くか」

「もちろんだよ」

お紺は即答した。

「お紺、離さんぞ」

「うれしい」

二人は抱き合った。

三

十五日の昼八つ半（午後三時）大宮の文蔵一座を名乗る旅芸人一座が三輪田村にやって来た。ひとまず休憩させてくれと三輪田神社の境内に入った。

陣屋で源之助は小日向を促した。

「文蔵が来ましたぞ。三輪田神社で文蔵に会って来られよ」

源之助に言われ小日向は深くうなずく。しかし、不安そうに目をしばたたいた。

「いかがされた」

「蔵間殿、やはり、そばに居てくだされ」

小日向は懇願した。一人で文蔵に会うことが怖くなったのだ。

「そうしたいのは山々ですが、わたしは来生菊乃丞に顔を知られております」

源之助が断ると、

「そこをなんとかなりませぬか。来生が文蔵のそばにいるとは限りませんぞ」

「居ないという保証もないですな」

源之助に言われ、小日向は口をつぐんだ。しかし、それでもなんとか源之助を引き

込みたいようで、

「杉蔵、文蔵の所に一緒に行ってくれないか」

「わかりました」

杉蔵を誘い、やっとのことで小日向は文蔵一行がいるという三輪田神社へと向かった。

小日向が居なくなってから源之助は陣屋を出た。杉蔵から借りた野良着《のらぎ》に着替え、手拭で頬被りをする。鍬《くわ》を担いで表に出た。

西の空に傾いた日輪を浴びながら畦道《あぜみち》を歩く。背中を丸め、目立たないように心掛けた。すれ違う村人たちにお辞儀をするが、村人たちは怪訝な顔を返すだけである。

文蔵たちの中に来生菊乃丞は間違いなくいるだろう。

来生とお紺は三輪田神社を抜け、村内を散策していた。

「長閑な村だね」

お紺は眩しそうに日輪を見上げた。

「お紺には退屈だろう」

来生の問いかけにお紺はしばらく考えていたが、

「そうかもしれないね。菊さまはどうなのさ」

「おれはどこでもいいさ。村でも町でも」

「住めば都ってことかい」

「都とは思わん。景色にも盛り場にも関心がないだけだ」

「菊さまらしいね。無常なお方だ。菊さまなら、地獄へ行こうが極楽へ行こうが平気で暮らせるだろうね」

お紺は愉快そうに笑った。

「好きに申せ」

来生は立ち止まった。お紺が、

「それにしても、崖崩れとは物騒だね。あたしらが通る時でなくてよかったよ」

「なんだか、腑に落ちぬな」

来生は言った。

「なんのことだい」

「崖崩れだ」

「崖崩れのどこが腑に落ちないのさ」

お紺は不思議そうである。

「これまでに、あの道で崖崩れなんぞなかった。昨年秋の大嵐の時も崖崩れはなかったと聞いた。おまけに、このところ晴天続きだ」

「じゃあ菊さまは仕組まれたって疑っているのかい。誰がなんのために崖崩れなんか起こしたのさ」

「おれたちを三輪田村に引き入れるためだとしたら」

「誰がそんなことをするの」

「おまえは知らなくてもいい」

来生は文蔵が言っていた自分たちを排除しようとする西久保家の連中と連中から雇われた蔵間源之助の仕業だと思った。

だとしても、好都合というものだ。どのみち、大宮城下には行かないで三輪田村で賭場を開帳する予定だったのだから。

ただ、蔵間たちが自分たちを三輪田村に引き込んだのだとしたら、敵は三輪田村で決着をつけようとしているに違いない。

それならそれでいい。

三輪田神社が決戦の場となるのだろう。

敵は何人くらいだろう。

わからないが、蔵間源之助はこの手で仕留めたい。

あいつとはいずれ刃を交える予感がした。

お紺絡みで斬った連中とは違う、自分の意志で斬りたい男だ。

八右衛門や紋太たちはお紺のために斬った。

蔵間源之助は自分のために斬ってやる。

来生は突如として閃いた。

何も三輪田神社で決着をつけることはあるまい。

強い誘惑に駆られた。

来生の異変に気付いたお紺が、

「ちょいと、どうしたの。急に怖い顔をしてさ」

「おまえは三輪田神社に戻っておれ」

「どうして」

「いいから戻るのだ」

来生の口調が厳しくなり、お紺はそれ以上は問いかけることもなく三輪田神社に帰って行った。

来生は陣屋を目指した。

蔵間源之助が居るような気がしたのだ。ならば、三輪田神社にいて仕掛けられるのを待つことはない。こちらから襲ってやる。

源之助は畦道を歩くうちに、一人の女を見かけた。この村には不似合な垢《あか》抜けた女である。文蔵たちは旅芸人の一座を名乗って江戸からやって来た。女は文蔵の一味ではないか。矢作からの文によると、来生は木綿問屋の隠居を殺したらしい。隠居が囲っていたお紺という女と一緒に逃げたという。

あの女がお紺だとしたら来生の動きがわかるかもしれない。

源之助は女に近づいた。

「もし」

女のそばまでやって来た時に声をかけた。

女は立ち止まった。源之助に向き、小首をかしげる。

「あの、ひょっとして三輪田神社にいらした旅芸人の方ですか」

源之助は懸命に笑顔を取り繕った。女は愛想よく、

「そうですよ。是非、見物にいらしてくださいな」

「そりゃあもう楽しみにしていますよ。姐《ねえ》さん、ずいぶんと別嬪さんだが、名前はな

んておっしゃるんですか」

「紺と申します」

お紺はしなを作った。

「お紺さんですか。そりゃ、いいお名前だ。そう、そう、一座の中に男前がいます
ね」

お紺の顔が輝き、

「菊乃丞さんね」

「菊乃丞さんとおっしゃるんですか。こいつはいかにも男前のお名前だ。今も三輪田神社にいらっしゃるんですか、いや、そっと様子を見たいなって思ったもんでね」

源之助はひたすら下手《したで》に出た。

「あいにくだけど、菊乃丞さんは、今、神社にはいないの」

お紺は疑う素振りも見せずに答えた。

ならば、自分の素性がばれることはない。

「お引き止めしてすんませんでしたな」

「いいえ、明晩にでも遊びにいらしてくださいね」

お紺はすたすたと歩いて行った。

「よし」

源之助はお紺と距離を取ってから三輪田神社を目指して歩きだした。

三輪田神社の境内に入った。

なるほど、夏祭りが催されるとあって広々とした境内である。古びてはいるが拝殿や本殿、神楽殿《かぐら》、手水舎、絵馬掛けの他、狛犬《こまいぬ》などが揃っている。瑞垣《みずがき》はなく、どこまでが社域なのかはっきりしないが、開放的な気分にさせている。

大勢の村人が明日から始まる祭りの準備にいそしんでいた。櫓《やぐら》を組み、舞台を設け、桟敷《さじき》をしつらえている。汗まみれになりながらも不平を漏らすどころかうれし気なのは、祭りが三輪田村一番の楽しみであることを物語っていた。

村人に混じって文蔵の手下と思われる連中が準備を手伝っている。村人に親しそうに話しかけ、漏れ聞こえるやりとりの中に賭場とか丁、半という言葉があった。村人の中には手下と顔見知りの者もおり、大宮城下で開帳される文蔵の賭場に出入りしていることを窺わせた。

社務所を覗く。格子窓の隙間から小日向と杉蔵が座っているのが見えた。文蔵はまだのようだ。三輪田神社に来生がいないのなら、文蔵に素性がばれることはない。中

に入ると、

「小日向殿」

と、呼ばわった。

小日向は源之助を見ると安堵のため息を漏らし、

「よく来てくだされた」

「やはり、文蔵をこの目で見たくなりましてな」

源之助は頬被りしていた手拭を取り、杉蔵に自分が代わると言った。杉蔵は、

「では、わたしは陣屋に戻っております」

と、社務所から出て行った。

「わたしは陣屋の手代ということにしてくだされ」

源之助の申し出を小日向が断るはずはなかった。小日向は心強くなったのか、背筋が伸び唇の端が緩まった。

やがて、

「お待たせしました」

文蔵が入って来た。文蔵は腰を屈めながらの低姿勢を取り繕って小日向の前に座る。

小日向が思わず頭を下げようと前屈みになったのを源之助は膝を叩いて止めた。小日

向は空咳をして文蔵の挨拶を待った。

「こちらの村で興行を打たせていただきます。どうぞ、よろしくお願い致します」

文蔵は慇懃《いんぎん》に挨拶を送ってきた。

「大宮の文蔵一座の評判はよく聞いておる。今回は大宮城下に戻る前にわざわざこの村を通ってくれて、村人も感謝しておるぞ。幸い夏祭りで賑わうゆえ、文蔵一座も芝居興行の遣り甲斐があるというものだぞ」

小日向は言った。

文蔵は余裕の笑みを浮かべ、

「三輪田村の夏祭りが盛大なことは聞いております。是非とも見物をしたい、いや、興行を打たせていただきたいものだと思っておりましたから、今回の機会を得られましたことはまことに幸い。崖崩れに感謝したいところです」

文蔵は源之助に視線を走らせた。すかさず小日向が、

「陣屋の手代を任せておる蔵、間……、あ、いや」

と、口ごもったところで
「源吉《げんきち》です」

源之助は咄嗟《とっさ》に名乗った。

文蔵はうなずくと、

「三輪田村の手代の源吉さんならよくおわかりと思いますが、うちの出し物は芝居よりも面白いんですよ」

源之助はわかっているとばかりに笑みを浮かべ、

「村の者も文蔵一座のことはよく知ってます。また、楽しみにしてますよ。ひとつ、盛大にやってくださいい」

と、サイコロを振る真似をした。

「こいつは話が早いや」

文蔵は言葉遣いを改め、勝手に膝を崩した。

四

源之助もあぐらをかく。小日向は迷う風だったが、

「まあ、お近づきに」

文蔵が手を鳴らし酒を持ってくるよう言いつけたため膝を崩した。

手下たちが徳利とスルメを持って来た。

「旅先なんで、こんなもんしかありませんがね、まあ、一杯やってくだせえな」

文蔵の勧めで源之助も湯呑に満たされた酒に口をつけた。上方《かみがた》からの下り酒、澄んで芳醇《ほうじゅん》な香りが鼻孔を刺激する。

「上がりの二割を納めますんでね」

文蔵は小日向に言った。

小日向は答えを躊躇《ためら》っている。

「ご不満ですか」

文蔵が問いかけると、

「御前さまとも相談しなければならぬ」

小日向はひどく生真面目に答えた。

「なんでしたら、祭りの期日に限らず毎月、日を決めて開帳してもいいんですがね」

文蔵は縄張りを広げようとしている。青沼が大宮城下の賭場に目を光らせていることを察知し、三輪田村も縄張りにしようという魂胆であろう。

源之助が膝を進め、

「そりゃ、願ったりかなったりというもんですよ。村の者も西久保さまの御城下に足を延ばすこともなくなりますからね。ここで賭場を開けば、村の者以外にも人は集まるでしょう」

「そういうこった」

文蔵は調子よく相槌を打つ。

「しかし、村の風紀が乱れる」

小日向は呟いた。

「乱れるんじゃなくって、活気づくんですよ」

文蔵は徳利を小日向に向けた。小日向は湯呑で受けながらも口をつけることはなかった。

「賭場が立ち、男たちが集まるようになると、酒と女が欲しくなるもんだ」

源之助が言うと、

「そっちの方も任せてくんねえ。美味い酒といい女を揃えるぜ。大体、この村は殺風景でいけねえや。おれに任せてもらえば賑わうよ。中山道から外れていることが穴場になって、評判を呼ぶってもんだ。だから、大河原さまの懐も潤うというもんだ」

文蔵は縄張り拡大の目星がついたと思っているようだ。

源之助はさりげなく、

「賭場でやり取りされるのは、銭や金でしょうな。まさか、大宮藩の藩札を使うことはないですよね」

文蔵の目に暗い光が宿った。湯呑を畳に置いて、

「藩札も使ったっていいじゃねえか」

「いや、それはどうもよくないな」

源之助は首を横に振った。

「源吉さんよ、あんた、西久保さまを信用しねえのかい。あんたも知らねえとは言わせねえぞ。この村の者だってな、大宮城下に博打にやって来たり、青物を売りに来たり、酒を買ったりしてるんだ。みんな、藩札でやり取りをしているんだぜ。藩札を使ってどこが悪いんだ」

文蔵は凄んだ。

源之助は動ずることなく、

「近頃、贋の藩札が出回っておると聞きますんでな。先月殺された三人も贋の藩札を摑まされておったですよ」

「あんた、おれが贋の藩札をばら撒いているって言いがかりをつけてんのか」

文蔵はいきり立った。

「おや、親分さん、ずいぶんと動揺なさっておられますね」

源之助はからかうように語り掛けると徳利を持ち上げ文蔵に向けた。

「あんたの酌じゃあ飲みたくねえな」

文蔵は横を向いた。

「図星を刺されたということですか」

源之助は殊更に文蔵を煽《あお》り立てた。文蔵は顔を真っ赤にし、

「おう、賭場を開かなくてもいいってのかい。せっかく、村が儲かるっていうのによ」

「開かなくていいですよ」

源之助はひらひらと右手を振った。

「てめえ」

文蔵は必至で怒りを抑えている。ここで決裂して賭場を開けなければ、三輪田村を縄張りにすることはできないと己を諫めているのだろう。

「藩札は勘弁してくださいよ」

源之助は念押しをした。

「わかったよ」

文蔵は湯呑の酒をぐいっと飲み干した。

その頃、来生は陣屋に入った。

村人たちが何人か畑を耕しているのを横目に庭を突っ切ると母屋の引き戸を開ける。

誰もいない。

村人の一人に、

「陣屋の役人、おらぬか」

「小日向さまでしたら、三輪田神社に行きなすっただ」

おそらくは文蔵に会いに行ったのだろう。

「もう一人、侍が滞在していると思うが」

村人は首を捻った。知らないようだ。来生は母屋に入って待つことにした。

炉端《ろばた》に座り源之助が戻るのを待つ。待つほどもなく、引き戸が開かれた。入って来たのは源之助ではなく村人だった。村人は来生を見ておやっという顔をした。

「蔵間源之助殿に会いたい」

相手の虚をつき、いきなり問いかけた。

「あの、どちらさまで」

男は陣屋の手代を務める杉蔵だと名乗った上で問いかけてきた。

「蔵間殿、どちらにおられる」

来生は杉蔵の問いかけには答えず高圧的な態度に出た。杉蔵は警戒の眼差しとなった。脅すことは得策ではないようだ。

「失礼した。拙者、江戸より参った北町の栗田《くりた》と申す。奉行所より、火急の用向きにてやって参った」

咄嗟に取り繕った。

「これは、失礼しました」

杉蔵は源之助の同僚と聞き安堵したようだ。

「これより、訪ねたいが」

表情を緩め、改めて問いかけた。

「それでしたら、三輪田神社の社務所におられますよ。文蔵と会っています。もちろん、素性は明かさず陣屋の手代を名乗っておられますから、その点を御注意の上にお訪ねください」

杉蔵は言った。

蔵間源之助め、なんと大胆不敵な男だ。

おれに顔を知られているにもかかわらず、文蔵に会いに行くとは。

「わかった。心して参る」

来生は土間を下りた。杉蔵はお辞儀をした。

斬るか。

来生は杉蔵を斬りたい衝動に駆られた。が、村人たちが杉蔵を呼ぶ声を耳にすると欲望を抑えた。

蔵間源之助を斬らなければならない。

その大目的の前に無用の殺生は避けよう。

来生は陣屋を出た。

西の空を真っ赤に焦がす日輪を見上げると笑みがこぼれてきた。


「ならば、これで失礼しますか」

源之助は小日向に声をかけ腰を浮かした。文蔵は不機嫌な顔で、

「なら、あとでな」

と、ぶっきらぼうに声を放った。

「ちゃんとした博打をやってくださいよ」

源之助はからかいの言葉を投げかけてから出て行こうとしたがふと思いついたよう

に立ち止まり、

「そうだ。荷を検《あらた》めさせてくださいよ」

と、何気ない調子で言った。

「なんだと」

文蔵が目をむく。

「贋の藩札を使われたのではたまりませんからな。今、これから荷を検めさせてください」

源之助は断固として主張した。

小日向は汗を滴《したた》らせながらも、

「検めたい」

勇を振るって申し出た。

「そこまで信用できねえのか。そんなに信用できなかったら、この村じゃ賭場はやりたくねえや」

文蔵はふんぞり返った。

「そうですか、親分さん、やっぱり贋藩札を使っていなさるんですね」

源之助はにこにこと笑いながら問いかける。

「てめえ、そのくれえにしとかなきゃただじゃおかねえぞ」

文蔵は立ち上がり様、源之助の襟を摑んだ。初老の男ながら、力がある。両目を充血させ顔を歪ませ源之助を締め上げてくる。

憎々しくて獰猛な男だが、歳を重ねても血気盛んな様子にはうれしくなった。

源之助は満面に笑みを広げると背を反らせ、反動をつけて思い切り頭突きを見舞った。

ごつんという鈍い音がし、源之助の額にも痛みが走った。文蔵は手を離し、

「な、何しやがる」

と、額をさすりながら蹲《うずくま》った。

「すみません、足が滑ってしまって」

源之助は手を差し伸ばした。文蔵は手を払い退け、

「ふざけた野郎だ」

「検めさせてもらいますよ」

繰り返してから右手を差し出した。いかにも賂《まいない》を要求する態度を示した。文蔵は舌打ちをし、

「そういうことかい。ま、いいや」

文蔵は立ち上がって部屋を出た。

五

源之助と小日向は文蔵の案内で境内の隅に置かれた荷車の群れに向かった。日没近くとなっても村人たちは篝火《かがりび》を頼りに祭りの準備に励んでいた。文蔵の手下たちは、文蔵から酒でも飲んでろと言われ、社務所に向かった。

来生菊乃丞の姿はなかった。

筵が掛けられた荷車の一つに立ち止まると文蔵が筵を捲り上げた。千両箱が並んでいる。その一つを開ける。紙で包まれていない小判が入っていた。

篝火に映る山吹色の輝きが目に染みる。

文蔵は無造作に小判を手摑みにし、源之助と小日向に差し出した。

「いや、その前に藩札を一応は検分しないことにはいけませんよ」

源之助は言った。

「わかったよ」

文蔵は荷車に乗った木箱の一つを手に取った。それを検めようと源之助は蓋に手をかけた。

夕焼け空が紫がかったところで来生は三輪田神社に戻って来た。篝火が焚《た》かれ、明日から開かれる夏祭りの準備が行われている。櫓に太鼓が上げられ舞台もしつらえてあった。賭場は社務所の中で開帳することになると文蔵は言っていた。

来生は社務所に向かった。

引き戸を開けて中に入る。手下たちが酒盛りをしていた。手下たちから酒を勧められたが断って、

「文蔵はどこだ」

「荷検めに立ち会っていますよ」

「荷検めだと。誰が荷を検めておるのだ」

「大河原さまの陣屋役人だそうです」

「おのれ」

きっと、蔵間源之助の差し金に違いない。

「どうしました」

手下の問いかけを無視して来生は飛び出した。

境内の隅にある荷車まで一気に走った。祭りの支度をする村人の中には前夜祭だと酒を飲んで浮かれ騒いでいる者もいる。

「退け」

来生が苛立ちを募らせ前を塞ぐ村人たちを怒鳴った。

「なんだ、この野郎」

酔った男が酔眼を向けてきた。来生は無視して村人たちの間をすり抜けて荷車に向かう。文蔵と男が二人荷車の前に立っていた。

二人のうち一人はまごうかたなき蔵間源之助である。

よし、斬ってやる。

舌舐めずりをして荷車に近づく。文蔵が来生に気が付いた。

「どこ行ってたんだよ」

文蔵が声をかけると同時に源之助と視線が交わった。

「文蔵、そいつは蔵間源之助だ」

来生は静かに告げた。

源之助は箱の蓋を開けた。

びっしりと藩札が敷き詰められている。大宮藩西久保家の家紋であるおぼろ月が描かれ金一分、金一両と交換できる二種類の藩札があった。しかし、これが本物であるのかどうかは源之助には判断できない。

すると、

「どこへ行っていたんだ」

と、横で文蔵が言った。

――しまった――

と、思ったと同時に文蔵の視線を追った。

来生がこちらを見ていた。

「てめえ、騙しやがったな」

文蔵は憤怒の形相となった。

「蔵間源之助、立ち合え」

来生は言った。

「望むところだ」

源之助も応じた。

八丁堀同心としてではなく、一人の剣客としてこの眉目秀麗《びもくしゅうれい》の刺客と刃を交えたくなった。

文蔵が手下を呼ぼうとしたが、

「文蔵、手出し無用だ」

来生が制した。

そこへ、先ほど来生に絡んだ酔っ払いが二人やって来て、

「てめえ、謝れ」

と、呂律《ろれつ》の回らない口調で食ってかかった。来生は一睨みすると無造作に刀を横に払った。酔っ払いは胴を斬られればったりと倒れる。

来生は何事もなかったようにくるりと背中を向けると歩きだした。どうやら、邪魔が入らないところで立ち合おうということだろう。

すると、村人の中から源之助を呼び止める男がいた。

青沼藤三郎である。

「これを持って行かれよ」

青沼は大刀と脇差を渡してきた。

そうだった。野良着姿の源之助は丸腰であったのだ。自分の迂闊《うかつ》さに内心で舌打ち

をすると、

「かたじけない」

と、頭を下げた。

「必ず斬ってくだされ」

青沼の言葉に首肯し、来生の後を追いかける。

小日向はおろおろとしていたが、文蔵に睨まれると村人の群れの中に紛れ込んだ。

鳥居を出ると来生は待っていた。

満月に照らされた来生菊乃丞は見惚れるほどに美しかった。

ゆっくりと大刀を抜くと右手に持ち、構えることもなく立ち尽くした。優雅な所作はまるで芝居を見ているようだ。

だが、感心している場合ではない。目の前の男は、これまでに数えきれないほどに人を斬ってきた獣同然の男、人を斬ることに一切の躊躇いを持たない凄腕の刺客なのだ。

源之助も抜刀し、八双《はっそう》に構える。

三間の間合いで二人は対峙《たいじ》した。小川の瀬音が響き、草むらを蛍《ほたる》が飛び交っている。

源之助はすり足で間合いを詰めた。

草を踏みしめる音が夜風に流れる。

来生は動かない。構えもしなかった。

誘っているのを承知で来生の懐に飛び込むと八双から斬り下げた。

刹那、来生の身体は宙を舞い上がる。

満月に来生が重なった。

源之助の刃が空を切った。

来生は源之助の背後に下り立った。

すかさず振り返ったところへ刃が襲ってきた。受け止めようと大刀を繰り出したが、来生の斬撃は凄まじく、大刀は弾け飛んだ。

来生の目には勝利を確信したかのような光が映った。

源之助は後ずさりをした。

来生が斬りかかってきた。源之助は地べたの石ころを蹴った。石ころが来生の方に飛ぶ。

来生の動きが止まった。

素早く屈むや両足の雪駄を摑む。両手に雪駄を持ち来生に向かった。

一瞬、来生は戸惑ったが直《すぐ》に向かってきた。

大刀が横に払われた。

それを源之助は左手の雪駄で防いだ。底に敷いてある鉛の板にぶつかり鈍い音を発する。

来生の顔に汗が光った。

涼し気な貴公子然とした顔が歪んだ。

源之助は両手に雪駄を持ったまま仁王立ちをした。

来生を挑発するように笑みを浮かべる。

来生は大きく息を吸うと大上段に振りかぶった。

そして、

「死ね！」

月にも届かんばかりの大音声《だいおんじょう》を発すると地べたを蹴った。

再び来生の身体が満月に重なる。

源之助は微動だにせず待ち構えた。

大刀が夜風を切り裂き、源之助の脳天に襲いかかる。

「でえい！」

裂帛《れっぱく》の気合いと共に源之助は両手で刃を受け止めた。

いや、雪駄で刀身を挟んだ。

来生の顔に怯えが走った。

源之助は両腕に渾身の力を込め右に振った。大刀は来生の手を離れ、夜陰を飛び鳥居に突き刺さった。

大刀を失った来生は戸惑ったのも束の間のことで、すかさず脇差を抜いた。

ところが、それよりも早く源之助の手には脇差が握られており、斬りかかってきた来生の胸を刺し貫く。

来生の動きが止まった。

源之助が脇差を抜くと同時に来生は仰向けに倒れた。

まだ、息はある。

源之助は草むらに転がる大刀を拾い上げ、来生のそばに立つと切っ先を向けた。

「殺せ」

死を受け入れた来生の表情は穏やかだった。

そこへ、

「菊さま」

鳥居の陰からお紺が飛び出して来た。来生の上に覆いかぶさり声を放って泣き始めた。

「お紺、もうよい」

来生はお紺を退けようとしたが力が残っていないようだ。

「すまんな。日光に連れて行ってやれなかった。許せ」

「そんなこといいんだよ。あんた、死んじゃいやだよ」

お紺は来生の身体を揺さぶった。

「ここらが潮時だ」

来生の声音は弱々しく、秋の虫が鳴いているようだ。

「菊さま！」

お紺が悲痛な声を上げる。

来生は笑みをたたえたと思うと瞼が閉じられた。

月光を浴びる死に顔は白雪をたたえる富士の秀麗さを思わせた。

「菊さま、あたしは約束を守るよ。菊さまと交わした約束。一緒に地獄へ行くんだ」

言うやお紺は来生の脇差を摑み、咽喉を貫いた。

鮮血が来生の顔を凄絶に染め上げ、お紺がばったりと折り重なった。

止めるべきだったたか。

いや、止めてもいずれお紺は死を選んだだろう。

ならば、来生が三途《さんず》の川を渡る前に逝《い》かせてやってよかったのかもしれない。

源之助は大刀を鞘に納めた。

すると、境内が騒がしくなった。鳥居を潜り境内を横切る。

「てめえら、何しやがるんだ」

混乱の中で文蔵が怒鳴っている。

群衆をかき分け荷車に近づくと、青沼藤三郎が文蔵と向き合っていた。

「西久保家勘定奉行青沼藤三郎である。当藩の藩札を偽造し、不正に使用すること許し難し、素直に縛につけ」

青沼は凛とした声を放った。

文蔵は村人たちに取り囲まれている。村人たちは青沼が引き連れて来た大宮藩の侍たちだった。

「てめえらだって、甘い汁を吸ったじゃねえか」

文蔵は青沼に不満をぶつけた。

「盗人猛々しいとはその方だ」

青沼は動ずることなく文蔵を捕縛させた。

「文蔵、来生は死んだぞ」

源之助が言った。

「来生さんが」

文蔵は唇を嚙んだ。その間にも青沼の指示で縄を打たれた。

「あの女、やっぱり、来生さんにとっちゃあ、魔物だったんだな」

文蔵は薄笑いを浮かべ、引き立てられて行った。

「かたじけない」

青沼は源之助に礼を言った。

「礼よりも、これからですぞ。青沼殿、文蔵一味を捕縛しただけで事を穏便にすませられてはなりません。城下だけではなく、御家の掃除もなさってくだされ」

源之助は強い眼差しを送った。

「やりますぞ」

青沼は決意を示すように眦を決した。これからは青沼の覚悟次第であろう。

小日向がやって来た。満面の笑みで礼を述べ立てる。

「明日の祭り、是非楽しんでいってくだされ」

「いや、明朝には帰ります。よそ者がいつまでもおっては邪魔ですからな」

源之助は言った。

六

水無月の二十五日の夕暮れ、騒動が落着し、源之助は杵屋で善右衛門と碁を打っていた。夕風には涼が感じられるようになり、縁側に座っていると、一日の疲れが引いていく。

といっても、居眠り番ゆえ暇を持て余した身体なのだが。

「大宮の騒動、大変でございましたな」

善右衛門が言った。

「正直、来生菊乃丞という男、恐るべき遣い手でした」

源之助が言うと善右衛門はおやっという顔をした。源之助が影御用について感想めいたことを漏らすのは珍しいからだろう。源之助自身も来生のことを話すつもりはなかった。

それが口に出してしまったことが来生菊乃丞という敵がひときわ印象に残ったことを示している。

来生の後を追って自害したお紺という女も哀れではあるが、幸せそうだった。大勢の男と浮名を流し、囲われ者となって生涯最後に巡り合った男と添い遂げたという満足に満ちていた。

つくづく、男と女の間柄はわからない。

色恋沙汰とは無縁な無骨者ゆえなのかもしれないが、源之助には来生とお紺のような男女の間柄は理解できない。

ひたすら破滅、死に向かって疾走していたような二人であった。

あれから大宮藩は国家老と江戸家老を含む五人の重役が隠居したそうだ。藩主西久保越中守盛義は三十半ばというのに、十五歳の嫡男に家督を譲り隠居するのだとか。

青沼藤三郎は源之助との約束を実行したのだろう。

とすれば、青沼が藩政において大きな役割を担うはずが、青沼自身も勘定奉行を辞し、国元に戻って郡奉行に専念するという。

不正を摘発した功労者が栄達を望まなかったのか、藩内の権力闘争に負けたのかはわからない。

青沼が沢村一之進や本木正作の訴えを聞き届けなかったことへの罪滅ぼしのつもりで、郡奉行に専念したのだと源之助は思いたい。

「そういえば、定吉、すっかり雨宮先生と佳乃さまに打ち解け、生き生きと暮らしておると善太郎が喜んでおります」

善右衛門もうれしそうだ。

「それはよかった。本当によかった」

定吉は今回の殺伐とした影御用で唯一の救いだ。

「定吉、雨宮夫妻の養子となったのですか」

「まだです」

「まだ……」

意外だ。佳乃の口ぶりだとすぐにでも養子にしそうであった。

「定吉の希望だそうです。為吉さんとお君さんの一周忌がすみ、墓前で雨宮先生ご夫妻と一緒に報告したいのだとか。それまで、しっかり学問をするそうです」

「泣かせますな、定吉」

源之助は定吉の発明《はつめい》な顔を思い目頭が熱くなった。

「蔵間さまの番ですぞ」

善右衛門に促され、

「そうでしたな」

と、黒石を摑む。
碁盤が涙で滲んでいる。
いかん、涙もろくなったものだ。
歳か。
いや、そんなことはない。
日々、感動したり怒ったりするからこその人生だ。歳とは関係がない。
無感動になったら、なんと空虚な暮らしであろう。
そうは思っても善右衛門に涙は見せたくはない。
折よく一陣の風が吹いた。
「いかん、砂が」
源之助は指で目をこすった。風が止んだところで改めて碁盤に視線を落とす。
「今日は、ひときわ富士がきれいですな」
善右衛門に言われ顔を上げた。
なるほど、夕空に茜富士が美しい稜線を刻んでいる。
その流麗な姿に来生菊乃丞の姿が重なった。
来生菊乃丞、おまえは感動したり、怒ったりすることはあったのか。

人を斬る時、どんな気持ちだったのだ。

「さあ、いきますぞ」

源之助は大きく音を立てて黒石を碁盤の目に置いた。

時代小説
二見時代小説文庫

流麗《りゅうれい》の刺客《しかく》　居眠《いねむ》り同心《どうしん》　影御用《かげごよう》20

著者　早見《はやみ》　俊《しゅん》

発行所　株式会社　二見書房
東京都千代田区三崎町二－一八－一一
電話　〇三－三五一五－二三一一［営業］
　　　〇三－三五一五－二三一三［編集］
振替　〇〇一七〇－四－二六三九

印刷　株式会社　堀内印刷所
製本　株式会社　村上製本所

落丁・乱丁本はお取り替えいたします。
定価は、カバーに表示してあります。

 ISBN978－4－576－16115－0
http://www.futami.co.jp/

居眠り同心 影御用 源之助 人助け帖
早見俊［著］

凄腕の筆頭同心蔵間源之助はひょんなことで閑職に左遷されてしまった。暇で暇で死にそうな日々にさる大名家の江戸留守居から極秘の影御用が舞い込んだ！ 第1弾！

朝顔の姫 居眠り同心 影御用2
早見俊［著］

元筆頭同心に、御台所様御用人の旗本から息女美玖姫探索の依頼。時を同じくして八丁堀同心の審死が告げられた…左遷された凄腕同心の意地と人情！ 第2弾！

与力の娘 居眠り同心 影御用3
早見俊［著］

吟味方与力の一人娘が役者絵から抜け出たような徒組頭次男坊に懸想した。与力の跡を継ぐ婿候補の身上を探れ！「居眠り番」蔵間源之助に極秘の影御用が…！

犬侍の嫁 居眠り同心 影御用4
早見俊［著］

弘前藩御馬廻り三百石まで出世し、かつて道場で竜虎と謳われた剣友が妻を離縁して江戸へ出奔。同じ頃、弘前藩御納戸頭の斬殺体が柳森稲荷で発見された！

草笛が啼《な》く 居眠り同心 影御用5
早見俊［著］

両替商と老中の裏を探れ！ 北町奉行直々の密命に居眠り同心の目が覚めた！ 同じ頃、見習い同心の源太郎が行き倒れの少年を連れてきて…。大人気シリーズ第5弾！

同心の妹 居眠り同心 影御用6
早見俊［著］

兄妹二人で生きてきた南町の若き豪腕同心が濡れ衣の罠に嵌まった。この身に代えても兄の無実を晴らしたい！ 血を吐くような娘の想いに居眠り番の血がたぎる！

殿さまの貌《かお》 居眠り同心 影御用7
早見俊［著］

逆袈裟魔《ぎゃくげさま》出没の江戸で八万五千石の大名が行方知れずとなった！ 元筆頭同心で今は居眠り番と揶揄される源之助のもとに、ふたつの奇妙な影御用が舞い込んだ！

闇の狐狩り 居眠り同心 影御用15
早見俊［著］

碁を打った帰り道、四人の黒覆面の侍たちに斬りかかられた源之助。翌朝、なんと四人のうちのひとりが、寺社奉行の用人と称して秘密の御用を依頼してきた。

悪手《あくしゅ》斬り 居眠り同心 影御用16
早見俊［著］

例繰方《れいくりかた》与力の影御用、配下の同心が溺死した件を内密に調査してほしいという。一方、伝馬町の牢の盗賊が本物か調べるべく、岡っ引京次は捨て身の潜入を試みる。

無法許さじ 居眠り同心 影御用17
早見俊［著］

火盗改の頭から内密の探索を依頼された源之助。火盗改密偵三人の謎の死の真相を探ってほしいというのである。〝往生堀〟という無法地帯が浮かんできたが…。

十万石を蹴る 居眠り同心 影御用18
早見俊［著］

世継ぎが急逝したため、十二歳で大名家を出された若君が十一年ぶりに帰った。果たして彼は本物なのか？ 美濃恵那藩からの影御用に、居眠り同心、捨て身の探索！

闇への誘い 居眠り同心 影御用19
早見俊［著］

闇奉行と名乗る者の手で、罪を免れた悪党たちの打ち首が辻々に晒される。人々の熱狂の陰で進行する闇の力による恐るべき企み……寺社奉行からの特命影御用とは⁉

憤怒の剣 目安番こって牛征史郎
早見俊［著］

九代将軍の世、旗本直参千石の次男坊に将軍の側近・大岡忠光から密命がくだされた。六尺三十貫の巨軀に優しい目、快男児・花輪征史郎の胸のすくような大活躍！

誓いの酒 目安番こって牛征史郎2
早見俊［著］

大岡忠光から再び密命が下った。将軍家重の次女が輿入れする喜多方藩に御家騒動の恐れとの投書の真偽を確かめよという。征史郎は投書した両替商に出向くが…

虚飾の舞 目安番こって牛征史郎3
早見俊［著］
目安箱に不気味な投書。江戸城に勅使を迎える日、忠臣蔵以上の何かが起きる…。目安番・征史郎は投書の裏を探り始めた。征史郎の剣と兄・征一郎の頭脳が策謀を断つ！

雷剣の都 目安番こって牛征史郎4
早見俊［著］
京都所司代が怪死した。真相を探るべく京に上った目安番・花輪征史郎の前に、驚愕の光景が展開される…。大兵豪腕の若き剣士が秘刀で将軍呪殺の謀略を断つ！

父子の剣 目安番こって牛征史郎5
早見俊［著］
将軍の側近が毒殺され、現場に居合わせた征史郎にまで嫌疑がかけられる！この窮地を抜けられるか？元隠密廻り同心と倅の若き同心が江戸の悪に立ち向かう！

剣客相談人 長屋の殿様 文史郎
森詠［著］
若月丹波守清胤、三十二歳。故あって文史郎と名を変え、八丁堀の長屋で爺と二人で貧乏生活。生来の気品と剣の腕で、よろず揉め事相談人に！心暖まる新シリーズ！

狐憑きの女 剣客相談人2
森詠［著］
一万八千石の殿が爺と出奔して長屋して暮らし。人助けの万相談で日々の糧を得ていたが、最近は仕事がない。米びつが空になるころ、奇妙な相談が舞い込んだ！

赤い風花《かざはな》 剣客相談人3
森詠［著］
風花の舞う太鼓橋の上で旅姿の武家娘が斬られた。釣り帰りに目撃し、瀕死の娘を助けたことから「殿」こと大館文史郎は巨大な謎に渦に巻き込まれてゆくことに！

乱れ髪 残心剣 剣客相談人4
森詠［著］
「殿」は大川端で心中に見せかけた侍と娘の斬殺死体を釣りあげてしまった。黒装束の一団に襲われ、御三家にまつわる奥深い事件に巻き込まれていくことに…！

剣鬼往来　剣客相談人5
森詠［著］

殿と爺が住む八丁堀の裏長屋に男装の女剣士が！　大瀧道場の一人娘・弥生が、病身の父に他流試合を挑む凄腕の剣鬼の出現に苦悩し、助力を求めてきたのだ。

夜の武士《もののふ》　剣客相談人6
森詠［著］

裏長屋に人を捜してほしいと粋な辰巳芸者が訪れた。札差の大店の店先で侍が割腹して果てた後、芸者の米助に書類を預けた若侍が行方不明になったのだというが…。

笑う傀儡《くぐつ》　剣客相談人7
森詠［著］

両国の人形芝居小屋で、観客の侍が幼女のからくり人形に殺される現場を目撃した殿。同じ頃、多くの若い娘の誘拐事件が続発、剣客相談人の出動となって……。

七人の剣客　剣客相談人8
森詠［著］

兄の大目付に呼ばれた殿と爺と大門は驚愕の密命を受けた。江戸に入った刺客を討て！一方、某大藩の侍が訪れ、行方知れずの新式鉄砲を捜し出してほしいという。

必殺、十文字剣　剣客相談人9
森詠［著］

侍ばかり狙う白装束の辻斬り探索の依頼。すでに七人が殺され、すべて十文字の斬り傷が残されているという。背後に幕閣と御三家の影⁉ 殿と爺と大門が動きはじめた！

用心棒始末　剣客相談人10
森詠［著］

大川端で久坂幻次郎と名乗る凄腕の剣客に襲われた殿。折しも江戸では剣客相談人を騙る三人組の大活躍が瓦版で人気を呼んでいるという。はたして彼らの目的は？

疾《はし》れ、影法師　剣客相談人11
森詠［著］

獄門首となったはずの鼠小僧次郎吉が甦った⁉ 殿らのもとにも大店から用心棒の依頼が殺到。そんななか長屋に元紀州鳶頭の父娘が入居。何やら訳ありの様子で…。

必殺迷宮剣 剣客相談人12

森詠［著］

「花魁霧壺を足抜させたい」――徳川将軍家につながる田安家の嫡子匡時から、世にも奇妙な相談が来た。しかし、花魁道中の只中でその霧壺が刺客に命を狙われて…。

賞金首始末 剣客相談人13

森詠［著］

女子ばかり十人が攫われ、さらに旧知の大名の姫が行方不明となり捜してほしいという依頼。事件解決に走り回る殿と爺と大門の首になんと巨額な賞金がかけられた！

秘太刀 葛の葉 剣客相談人14

森詠［著］

藩主が何者かに拉致されたのを救出してほしいと、常陸信太藩江戸家老が剣客相談人を訪れた。筑波の白虎党と名乗る一味から五千両の身代金要求の文が届いたという。

残月殺法剣 剣客相談人15

森詠［著］

日本橋の大店大越屋から、信濃秋山藩と進めている開墾事業に絡んだ脅迫から守ってほしいと依頼があった。さらに、当の信濃秋山藩からも相談事が舞い込み…。

風の剣士 剣客相談人16

森詠［著］

殿と爺の国許から早飛脚。かつて殿の娘を産んだ庄屋の娘・如月の齢の離れた弟が伝説の侍、風の剣士を目撃したというのだ。急遽、国許に向かった殿と爺だが…。

刺客見習い 剣客相談人17

森詠［著］

殿らの裏長屋に血塗れの前髪の若侍が担ぎ込まれた。異人たちを襲った一味として火盗改に追われたらしい。折しもさる筋より、外国公使護衛の仕事が舞い込み…。

火の玉同心 極楽始末 木魚の駆け落ち

聖龍人［著］

駒桜丈太郎は父から定町廻り同心を継いだ初出仕の日、奇妙な事件に巻き込まれた。辻売り絵草紙屋「おろち屋」、御用聞き利助の手を借り、十九歳の同心が育ってゆく！

浮世小路 父娘《おやこ》捕物帖 黄泉からの声
高城実枝子［著］

味で評判の小体な料理屋。美人の看板娘お麻と八丁堀同心の手先、治助。似た者どうしの父娘に今日も事件が舞いこんで…。期待の女流新人！ 大江戸人情ミステリー

緋色のしごき 浮世小路 父娘捕物帖2
高城実枝子［著］

事件とあらば走り出す治助・お麻父娘のもとに、今日も市中で殺しの報が！ 凶器の緋色のしごきは何を示すのか!? 半村良の衣鉢を継ぐ女流新人が贈る大江戸人情推理！

髪結いの女 浮世小路 父娘捕物帖3
高城実枝子［著］

女髪結いのお浜はかつて許嫁の利八を信じて遊女となった。足を洗えた今も利八は戻らず、お浜は重い病に。江戸に戻っていた利八に、お麻の堪忍袋の緒が切れた！

不殺《ふさつ》の剣 神道無念流 練兵館1
牧 秀彦［著］

北辰一刀流の玄武館と人気を二分する練兵館の玄関に讃岐の丸亀城下から出奔してきた若者が入門を請うた。何やら秘めたる決意を胸に……。剣豪小説第1弾！

闇公方《やみくぼう》の影 旗本三兄弟 事件帖1
藤 水名子［著］

幼くして父を亡くし、母に厳しく育てられた、徒目付組頭の長男・太一郎、用心棒の次男・黎二郎、学問所に通う三男・順三郎。三兄弟が父の死の謎をめぐる悪に挑む！

徒目付《かちめつけ》 密命 旗本三兄弟 事件帖2
藤 水名子［著］

徒目付組頭としての長男太一郎の初仕事は、若年寄からの密命！ 旗本相手の贋作詐欺が横行し、太一郎は、敵をあぶりだそうとするが、逆に襲われてしまい……。

六十万石の罠 旗本三兄弟 事件帖3
藤 水名子［著］

尾行していた吟味役の死に、犯人として追われる太一郎。何者が何故、徒目付を嵌めようとするのか!? お役目一筋が裏目の闇に見えぬ敵を両断できるか！ 第3弾！